MBTI
找出自己

選對工作
才好上班

不想上錯班：個人職業心理分析 新版

區祥江教授 著

enlighten 亮
&fish 光

Chapter 1

什麼職業適合你？——個人風格與職業選擇

Chapter 4 |

要讓職業屬於你，而不是你屬於職業的 4 個堅持

Chapter 5 |

職業尋夢記——真人個案分析

Appendix

蔡元雲序

蔡元雲醫生
「突破」榮譽總幹事

這是一本每個年輕人及考慮「第二曲線人生」的人,值得細讀深思的一本有關人生路向及擇業的好書。本書作者曾經是我多年的同事,今天他找到自己人生的召命;區祥江如此自白:「我能透過自己的筆作輔導工作,造福更多的人。這也是我內心的最大喜悅(以文字會友)與世界深切渴求(要找到自己理想職業;不枉此生)相遇的地方。」

本書作者不單分享自己找到理想職業的歷程,他更在書中以輔導專業的知識和經驗,輔助每個讀者認識自己,及找到自己在職業路上當行的方向。

這幾年,在香港常聽到這句話:「打好這份工」。這句話背後蘊藏了一些重要的問題:我是為何打這份工?是為誰打工?這份工的意義何在?我是否適合這份工?這份工與我的心

中夢想是否配合？這份工的價值觀我能否認同？這份工與成功和滿足有何關係？

本書作者為上述的問題提供了專業的分析，實用的自我測試工具，可供借鏡的真實個案，及個人反思的空間和指引。

身為青年工作者，我誠意向青年人及青年工作者推薦這本理論和實踐並重的一本生涯規劃專書。

梁經緯序

梁經緯先生

香港大學附屬學院首席講師暨社會科學課程主任
香港心理學會註冊輔導心理學家
香港心理學會輔導心理學組主席

　　要找一份工作並不困難，任何一份能讓從事者有收入的工作都行。然而，要把工作變為事業，個人的價值觀及人生目標都要清晰，才能從中得到滿足及成功感。而要進一步把工作變為天職和召命，除了要對自己有透徹的了解外，還要對周遭的人和事有敏銳的觸覺和奉獻的心，因為這都是滿足與快樂的泉源！

　　區祥江博士精於把複雜的理論用生活化的例子深入淺出地展現在讀者面前。他從不囉唆說教，透過自身的經歷及他人的經驗，留有足夠空間讓讀者自我探索，自我反思。

　　本書更有不同的性向測驗，讓讀者進一步了解自己的性格特質，優點強項，從而發掘自己的職業取向，甚至將來的生涯規劃。希望區博士的著作能助你找到工作的滿足和喜樂！

吳兆基序

吳兆基先生
恆基陽光資產管理有限公司行政總裁

處身於步伐急促的市場脈搏，細想職場方向和意義很容易被定性為奢侈品。

感謝作者透過其輔導牧養的豐富閱歷，加上作為人父的實戰經驗，譜寫出一本不一樣的「搵工秘笈」，讓讀者可以再一次反思職業在其生命中的角色和位置。誠意推薦。

自序

我看一個人的事業是應該充分表達「我是誰」，這個「我」想在這地球村中成為一個怎樣的人，能為這世界做些什麼。一句美國小說家Frederick Buechner的話經常提醒我：「上主召喚你去的地方，是你內心的最大喜悅與世界深切渴求相遇的地方。」（The place God calls you to is the place where your deep gladness and world's deep hunger meet.）

一個人用上不知人生多少時間在工作中，若果工作中沒有喜悅；若果不是對這世界盡上一些綿力，去令世界變得美麗一點；若果沒有充分運用上天給我的才幹和強項，我們的人生豈不是虛度，沒有好好過我們的日子。工作的意義（meaning）、工作時的喜悅（pleasure）和用得著自己的強項（strength）是我們快樂工作的源頭。

要找到這三樣元素同時併合在一份你心儀的工作上，並不是一件容易的事，能夠先認識自己，找緊那些東西自己願意投身上去，然後透過一個跌跌碰碰的過程，去追求

我們事業上的夢想，是我們每個人都要挑戰自己的一個過程。

筆者年輕時夢想做醫生，做醫生不成卻成為一個職業治療師，在過程中找到輔導是最能表達自己的一個職業，自命擁有一顆敏銳的心，在三十歲便選對了輔導作為工作的主線，有十六年進出於輔導室和眾生的心扉之間，愛透過寫作整理自己的人生體驗，著作不下三十冊。人到中年，厭倦於無盡的會議和行政工作，投身教學，為人師表，將自己所學傳遞給輔導行業的新人。輔導、寫作和教學可說是人到中年的我最得意的工作組合。回頭望有一個有趣的發現，起初自己要做醫生，夢想似乎失落了，現在轉了一個彎，卻成了一個醫治人心靈的醫生，它更能用上我的強項，給我更大的喜悅和意義呢！

自己走在事業路上的經歷，以及助人找到自己事業上的夢想的輔導個案，激勵我整理一本能幫助讀者透過一些職業上的評估量表，以及一個個發掘自我的說故事過程，

找到自己的理想職業的實用書。希望讀者能邊讀、邊做書
中的問卷和習作，甚或找一個好朋友或導師聽聽你的故
事，慢慢確定自己的事業方向。這樣我就能透過自己的筆
作輔導的工作，造福更多的人。這也是我內心的最大喜悅
（以文字會友）與世界深切渴求（要找到自己理想職業、
不枉此生）相遇的地方。

區祥江
2012年4月26日
香港

前言：工作的趨勢

新的工作世界

當我們要談如何找到一份理想的職業前，我們不可以忽略工作世界的轉變。

香港是一個知識型的經濟體系，昔日有大學學位就能夠找得一份好工，今天有一些專業的行業，大學畢業後還要不斷進修專業的資格，才能有晉升的機會。低技術和低學歷的年輕人，容易被淘汰或只可以停留在一些低收入的工種中。

過往有一些工作是終身受聘的，但今天企業的業務周期短，或者一個新科技的突破，隨時可以令一個企業突然擴展，另一個企業收縮。特別是電腦科技或電訊的行業，競爭劇烈。為了使企業更加靈活，工作外判、兼職、

freelance等工作的形態比以前普遍。一個人可以為幾間公司做freelance，或有自己的home office，「家」是很多人的工作場所，這亦是一種趨勢。

另外，全球化和互聯網的發展，不少工作是需要經常出差的，或者要與在不同時區的工作伙伴開會、溝通。例如認識一位朋友在一間跨國公司做會計，總公司在美國、廠房在內地，他辦公的地方在香港；但不時要到內地廠房視察，在半夜跟美國的大老闆通電話，交代工作進展。在這個地球村跟不同文化的人合作，我們對不同語言、文化的掌握，變成是一種基本要求。

新時代的工作者要精通十八般武藝，電腦和英語是兩大基本功。他們眼中要無國界限制，溝通要多元和無障礙。另外，中年轉業是常態，除了自己想另有新的發展外，企業在轉型過程中，首批裁員的對象是中級人員，因為他們的薪酬相對初出茅廬的新力軍為高，所以，每個人都必須終身學習，特別是中年人要發掘及培養第二、第三專長，面對多變不穩定的工作世界。

工作與家庭仍然是現代人一個經常要平衡的張力，不少父母還是願意為孩子犧牲；彈性工作變成常態；不少初為人母親的，停職兩三年再投入工作世界都是相當普遍的趨勢。

　　這些工作世界的新趨勢是每個人在考慮自己職業時必須考慮的。

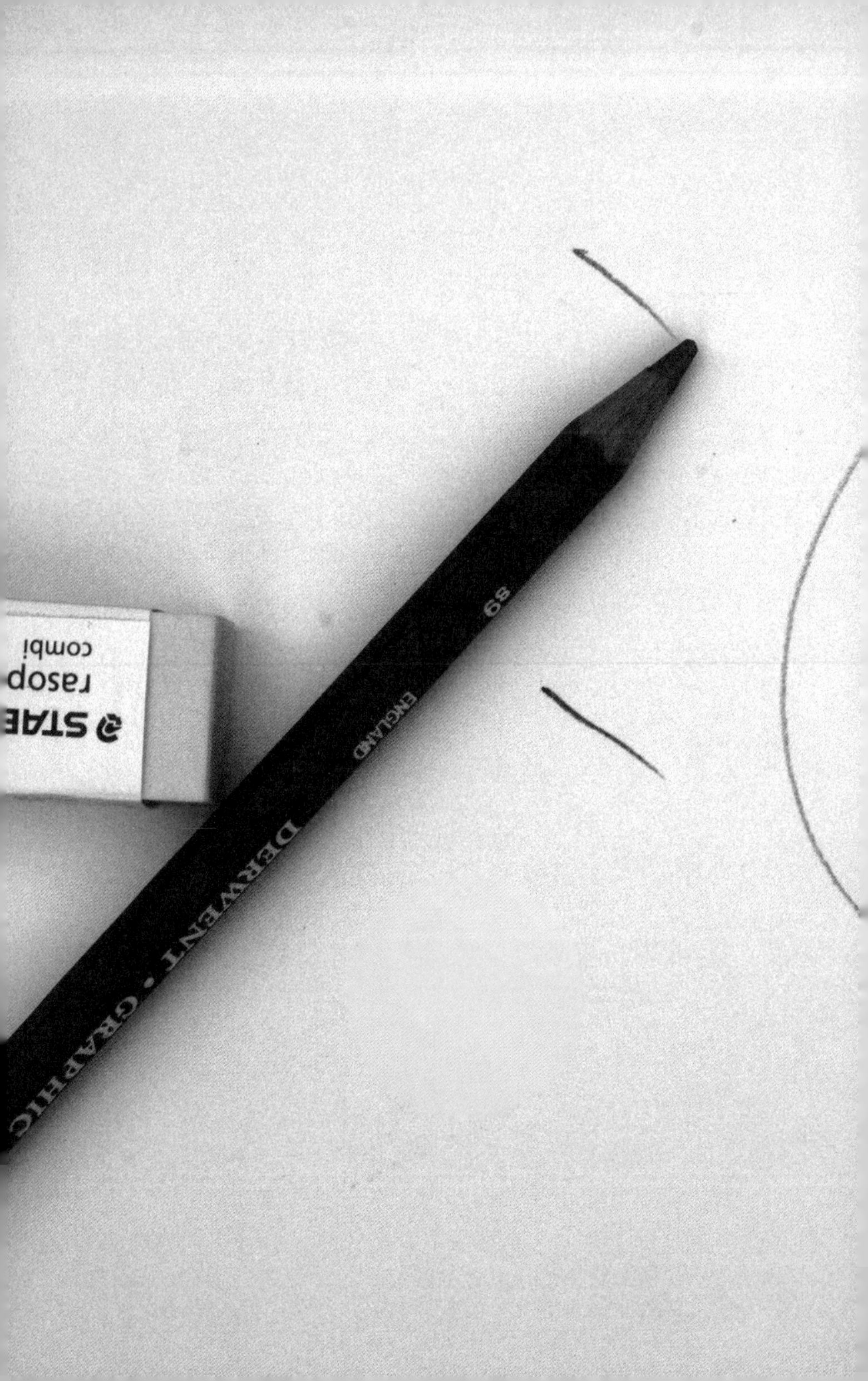
STAE
rasop
combi
DERWENT • GRAPHIC
ENGLAND
6B

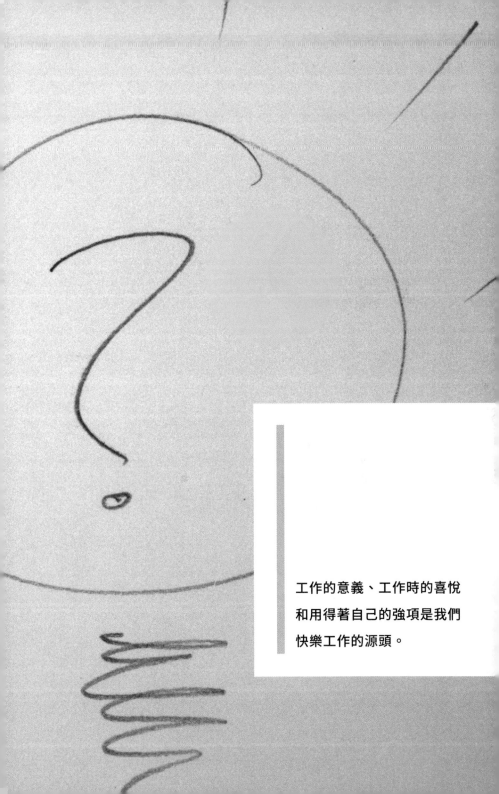

工作的意義、工作時的喜悅
和用得著自己的強項是我們
快樂工作的源頭。

我對樣樣都有興趣，
但我似乎需要找一個焦點。

Chapter 1

什麼職業適合你？
——個人風格與職業選擇

1. 什麼職業適合你？

你在工作上愈感興趣，你會工作得愈快樂。

※簡易的職業興趣傾向分析

尋找自己職業興趣有時候並不容易，特別面對茫茫工作的海，如何確定自己的所愛。有一個最簡易的方法，就是將你對四方面的興趣分為「人／物」（People/Things）、「資料／概念」（Data/Ideas）。

喜歡「人」有關工作的人，喜歡幫助、服務、照顧、領導或銷售東西給其他人，如老師。

喜歡「物」有關工作的人，喜歡處理機器、工具、動物、植物或材料（食物、木頭或金屬），如機械操作員。

喜歡「資料」有關工作的人，喜歡處理事實、計算、數字、建立與處理檔案，如會計。

喜歡「概念」有關工作的人，喜歡獲得知識、定理、頓悟、以新的方式表達想法或做事，如藝術家。

這四方面的興趣，又可以一對一對的組合起來，例如：

喜歡「資料」與「人」有關工作的人，喜歡幫助、服務、照顧、領導或銷售東西給其他人，也喜歡處理事實、計算、數字、建立與處理檔案，如商業的經理人，喜歡管理人也喜歡分析資料。

喜歡「資料」與「物」有關工作的人，喜歡處理事實、計算、數字、產生與處理檔案，也喜歡處理機器、工具、動物、植物或材料，如大氣觀測員喜歡解讀機器所產生的資料。

喜歡「概念」與「人」有關工作的人，喜歡獲得知識、定理、頓悟、以新的方式表達想法或做事，也喜歡幫助、服務、照顧、領導或銷售東西給其他人，如作家喜歡寫人的故事或以故事表達想法。

喜歡「概念」與「物」有關工作的人，喜歡獲得知識、定理、頓悟、以新的方式表達想法或做事，也喜歡處理機器、工具、動物、植物或材料，如科學家喜歡提出想法，並加以測試。

以下有一個小測驗，你藉此可以分辨自己比較喜歡哪方面的興趣：

興趣是你享受做的事。你在工作和嗜好上的喜惡能夠幫助你為自己的事業作出最好的計劃。你在工作上愈感興趣，你會工作得愈快樂。

以下的興趣列表活動幫助你將興趣分為四類：人、資料、事物或概念。

說明：在每一個部分（甲至丁），在空格內填寫「是」或「否」。當你完成所有問題後，將各部分答案為「是」的總數加起，並填在最下面的空格內。

甲，人		乙，資料	
你是否喜歡：	是	你是否喜歡：	是
娛樂小孩子		研究感興趣的題目	
聆聽朋友的私人問題		做會社的財務秘書	
教導別人做事		作科學實驗	
幫助病人		與數字或統計有關的工作	
領導小組或會社活動		計算汽車的耗油量	

與公眾工作		平衡銀行結單	
在辦公室工作		編寫電腦程式	
銷售商品			
「是」的總數		**「是」的總數**	
丙，物		**丁，概念**	
你是否喜歡：	是	你是否喜歡：	是
焗蛋糕		裝飾房間	
維修車輛或機器		寫詩或故事	
縫製手工藝品		出版學校年鑑或報紙	
用木去製造物品		寫歌詞或說唱音樂(RAP)	
操作收銀機或計算機		繪畫，畫圖或水彩畫	
做環境美化或草坪護理		演奏樂器	
操作相機或攝影機		發明新產品	
「是」的總數		**「是」的總數**	

我的最高排名部分：　　　　　我的第二最高排名部分：

　　讀者想測試自己職業興趣的「人／物」、「資料／概念」的傾向，可以到香港青年協會的青年就業網絡進行測試：http://yen.hkfyg.org.hk//yen/lifebanking/Test/WorkofMap/intro.php，測試後會有即時報告。

我網上的結果是這樣的：

筆者的測試結果

總結	人物	資料	物件	概念
得分	135	104	101	123

　　筆者現時有三個工作上的角色，包括輔導員、作家和教師。我做輔導工作，教人做輔導，也撰寫有關輔導的書籍。

　　輔導員和老師都是與人有關的工作，傳遞的是一些心理學上的概念，而寫作也是一種知識和意念的傳遞。你大概也知道我是屬於人（135）與概念（123）結合的類型，看過一個工作的世界地圖，我就可以在人與概念之間找到我這三方面的角色。

興趣是你享受做的事。你在工作和嗜好上的喜惡能夠幫助你為自己的事業作出最好的計劃。你在工作上愈感興趣,你會工作得愈快樂。

2. 性格與職業配對（MBTI）

選擇在工作中實現哪一個「我」或是哪種工作價值，這些問題對即將畢業的同學或初入職青年人而言，可能較為遙遠。

對仍然處於尋索階段即將畢業的同學或初入職青年人，有很多連自己的首要興趣或性格特徵都弄不清。對他們而言，選擇在工作中實現哪一個「我」或是哪種工作價值，這些問題對他們而言可能較為遙遠。對這個階段的年輕人，以職業性向的理論幫助青年人認識自己可能或會更加適切。事實上，很多有關生涯規劃的理論都提供個人性向與行業之間配對的介紹。MBTI（Myers-Briggs Type Indicator）就是性格分類的一種，它基本理論是根據瑞士心理分析家榮格於1921年所出版的書籍提出的心理類型（Psychological Types）。它包含四個性格的主要元素：

· 心理能力的走向：你是「外向」（Extrovert）（E），還是「內向」（Introvert）（I）？

· 認識外在世界的方法：你是靠五官「感官」
　（Sensing）（S），還是「直覺」（Intuition）
　（N）？

· 倚賴什麼方式做決定：你是「思考」邏輯（Thinking）
　（T），還是「感性」價值（Feeling）（F）？

· 生活方式和處事態度：你是「判斷」、安排周到
　（Judging）（J），還是「感知」、順其自然
　（Perceiving）（P）？

根據4個問題的不同答案，可將人的性格分為16個種類。

ISTJ	ISFJ	INFJ	INTJ
調查員	保護者	輔導員	策劃人
ISTP	ISFP	INFP	INTP
巧匠	作詞人	治療者	建築師
ESTP	ESFP	ENFP	ENTP
推銷員	表演者	優勝者	發明家
ESTJ	ESFJ	ENFJ	ENTJ
監督人	供給者	教師	陸軍元帥

而這16個種性格，也有相應能夠發揮這種性格強項的工作類型。

讀者如對認識自己性格有興趣，在網上有很多MBTI的資料，也有網上的性格問卷，可以自行了解自己性格及對選擇行業的啟示。你可以輸入MBTI或Keirsey Temperament Sorter，就可以在網上填測驗，及得到網上的報告。

你喜歡把注意力放在什麼地方？

E vs I（外向與內向）

E 外向型（Extraversion）	I 內向型（Introversion）
外向型的人傾向關注外界的人或事，他們把精力和注意力向外投放，從外界的事件、經歷和交往中接收能量。	內向型的人傾向關注內在的思想和經驗，他們把精力和注意力向內投放，從內在的思想、感受和反省中接收能量。
大部分外向型人士的特徵： · 敏銳於外界環境 · 喜歡以說話與人溝通 · 學習過程以實幹和討論為主 · 興趣淺嘗 · 傾向先表達後反思 · 社交及表達能力強 · 主動於工作及關係建立上 E: _____	大部分內向型人士的特徵： · 深藏於自我的內心世界 · 喜歡以文字與人溝通 · 學習過程以反思和思想綜排為主 · 興趣深究 · 傾向三思而後行 · 喜歡私人空間和內斂 · 專注力強 I: _____

選出你的傾向： _____

你以什麼方式接收和吸收新事物？

S vs N（感官與直覺）

S 感官型（Sensing）	**N 直覺型（Intuition）**
感官型的人喜歡以眼睛、耳朵等五官接收事物，他們的觀察力強，很容易看出不同事情的實際情況。	直覺型的人喜歡從宏觀和事件之間的關係看事物，他們著眼尋找事物的規律，強於發掘新的可能性和不同的方法。
大部分感官型人士的特徵：	大部分直覺型人士的特徵：
・著眼真正現實 ・著重實際可行性 ・具體、實事求是、專注細節 ・觀察及次序記憶力強 ・活在當下 ・循序漸進 ・相信經驗	・著眼大圖畫、可能性 ・著重想像力 ・抽象而推理性強 ・看見事物的規律和意義 ・著眼未來 ・到處跳動 ・相信啟發
S: _____	N: _____

選出你的傾向：_____

你如何下決定？

T vs F（思考與感性）

T 思考型（Thinking）	F 感性型（Feeling）
思考型的人傾向看選擇或行動背後的理性後果，他會精神上把自己從情況中抽離，客觀地分析事件的前因後果，為的是找出一個客觀的真理標準，以及實踐原則。他們強於分析事件中的錯謬，繼而使出他們的解難能力。	感性型的人傾向考慮自己和別人著緊的事物，他們會精神上把自己放進事情裡與他人感同身受，作出以人為本的決定，目的就是與人保持和諧和認同。他們的強項包括善解人意、對人欣賞和支持。
大部分思考型人士的特徵： · 分析力強 · 具理性的解難能力 · 以因果關係推論事情 · 意志力強 · 以非人性的客觀真理作主導 · 講道理 · 公平	大部分感性型人士的特徵： · 同情心強 · 顧及對別人的影響 · 以個人價值觀主導 · 心地溫柔 · 以和諧和別人的公允為原則 · 富憐憫 · 對人接納
T: ＿＿＿＿＿＿	F: ＿＿＿＿＿＿

選出你的傾向：＿＿＿＿＿＿＿＿

你如何訂立方向？

J vs P（判斷與感知）

J 判斷型（Judging）	P 感知型（Perceiving）
判斷型的人有計劃、有秩序，喜歡管理和控制生活。他們傾向下決策、結束討論，然後行動，生活方式工整而有系統，喜歡安頓事物。他們辦事最緊要是謹守計劃和程序，把事情做妥使他們最舒暢。	感知型的人具彈性和即興，喜歡體驗並體會生活，多於控制生活。計劃和決策對他們來說局限了，最好保持開放，到最後一刻才下決定。他們喜歡並且相信自己的足智多謀，能滿足不同情況的要求。
大部分判斷型人士的特徵： · 按部就班 · 有組織 · 有系統 · 有條理 · 有計劃 · 喜歡早下定案 · 避免臨場的壓力	大部分感知型人士的特徵： · 即興 · 開放 · 不拘 · 有彈性 · 適應力強 · 喜歡鬆緩且接受轉變 · 臨場的壓力就是動力
J: ＿＿＿＿＿＿	P: ＿＿＿＿＿＿

選出你的傾向：＿＿＿＿＿＿＿

現在先介紹這四組性格量度些什麼，你就可以初步找出自己性格的組合。

將每對較高分的英文字母選出來，按次序就有一個四個英文字母的性格組合。例如性格類型「INTJ策劃人」，意思是他性格是較傾向：內向（I）＋直覺（N）＋思考（T）＋判斷（J）。

若要仔細測驗，你也可以用「附錄：了解你的個人風格」（Appendix 1）來分析。

有了這組合我們就可以尋找適合這組合的工作類型。

筆者將十六個類型在工作中如何找到滿足感，並這性格的強弱和合適的可能工作放在附錄，讀者可自行翻閱。（Appendix 2）

選擇在工作中實現哪一個
「我」或是哪種工作價值，
這些問題對即將畢業的同學
或初入職青年人而言，可能
較為遙遠。

3. MBTI與職業配合的個案

　　讀者或者會好奇筆者是屬於什麼性格類型。我是當了心理輔導員之後才接觸MBTI這個性格工具的，作輔導員之前我在一間精神病院作職業治療師，開展輔導工作16年後，我成為神學院的輔導科老師，主要培育教牧及婚姻家庭治療師；除了教學和輔導，我是一名頗多產的作者，喜歡以文字跟讀者分享自己的輔導心得。

　　我的性格組合是INFJ。若你在Google搜尋一下，你會知道INFJ也被稱為「輔導員」。通常，INFJ是富有創造力的人，具有強烈的意識和動力來幫助周圍的人，以實現自己的潛力，不僅擁有幫助他人的天賦，而且還充滿熱情，奉獻精神使INFJ能夠幫助其他人應對挑戰。

　　INFJ性格的人，通常有很好的判斷力，而且具有很強的直覺（Intuition），善於知道別人的感受，因此才被形容為「輔導員」。INFJ通常是敏感的人，喜歡保持自己的生活模

式，雖然很樂意幫助別人解決個人問題，但對於分享自己的想法和感受，則比較保守，可能是內向（Introvert）性格使然。

當我看到這些描述的時候，心裡是十分感恩的，因為我正做著適合自己性格的工作，我應該是沒有入錯行了。

若你翻去Appendix提到有關適合INFJ型人的職業，在我轉換過的職業中，都是榜上有名的。

我主要是當諮詢和教育的，醫療服務則做過職業治療師；創意方面，我除了寫心理和成長類的書之外，也寫過兩本心理小說；宗教方面，我屬於宗教教育指導。意思是，縱然我在自己的事業發展上轉換過職業，但這些工作類型都是離不開INFJ的性格類型。

用Covey的說法，我是作輔導員的才幹（Talent），又有這方面的熱誠（Passion），並回應不同的世界的需要（Needs），我的信仰也肯定我在這方面的價值取向（Consciousness），我找到用自己聲音（Voice）唱最合適我唱的歌（INFJ的工作類型）。

4. MBTI與職業不配合的個案

　　工作滿意度的高低與你追求的職業類型有關，當人們從事與自己個性不相符的職業時，與其他更適合該領域的人相比，工作滿意度會比較低。高達41%的員工希望自己在選擇職業領域時能得到更多指導，以更好地將工作與自己的優勢和興趣相匹配。看現況，似乎有很多人都有性格與職業不匹配的問題。

　　根據MBTI提出的16型人格理論，人格類型有四個向度──思考風格、能量風格、價值風格和生活方式。這些向度的組合會對一個人與某個職業領域的兼容性產生正面或負面的影響。

　　如果你的工作與你的技能、興趣或價值觀不匹配，你可能會感到無聊、沒有成就感或不滿意，你可能也會覺得自己沒有為有意義的事情作出貢獻。一份好的工作應該讓你能夠以一種對自己和他人都有利的方式，發揮你的才能和熱情，也應該給你一種使命感和滿足感。

例如，具有照顧能力（caring abilities）的人最喜歡從事能夠透過實用的應用方法去幫助人們改善生活的工作。因此，如果我們對兒童教育領域的所有ESFJ員工進行民意調查，應該預期他們的工作滿意度高於平均水準。然而，如果我們對從事軟體工程師（software engineering）的ESFJ員工進行同樣的民意調查，應該預期這些工作滿意度數字會顯著降低。因為對於ESFJ，與人合作和互動是得到滿足的地方，要他整天對著電腦寫程式是一件非常痛苦的事，因為獨自長時間工作是與他強烈社交需求相違背。

在真人個案分析中，我也就Peter的MBTI的性格INFJ，與他原本的行業建築師應有的性格INTP作比較（P.185），兩者性格差異在F與T之間。因為喜歡與人深入接觸的性格，令他在做建築師時埋首設計畫圖有很大的不滿足，最終令他患上情緒低落，直到他找到心理輔導作為他新的事業方向，才重拾生命的活力。

5. 與其他MBTI性格的人合作 要留意的地方

　　我有機會邀請太太一起做MBTI性格測驗。有人說過，婚姻關係除了是愛情之外，兩個人一起打理一個家庭，彷彿似是一個合作的伙伴，所以，當我將自己和太太的性格併在一起時，原來都會遇上不少挑戰。

ESTJ太太 vs INFJ丈夫

　　性格中只有一項相同，我們應該算是異性雙吸；你可以猜測到，我跟太太結合擦出的火花，是喜樂與困擾並存的，甚至因差異而帶出合作的地方和機會可不少。

先談喜樂方面

　　以上這兩種性格的人有一個共通點，就是喜歡把事情安頓和安定下來。很多ESTJ和INFJ的伴侶珍惜彼此依靠，以完成

說得出做得到的事情。他們珍重承諾，不論在順境逆境也互相靠倚。他們很有條理，喜歡把日常工作安排妥當。事實上，不少ESTJ和INFJ的伴侶表示他們在家務分擔及事務安排上是好拍檔。正因有秩序、富有條理和組織，所以很少在金錢上節約。此外，他們的意見都很強，但不論同意與否，都會尊重對方的心底信念。

他們最初被對方吸引的地方通常是大家的差異。ESTJ通常會被INFJ的親切感、憐憫、創意和誠信所吸引，INFJ為生命帶來的質感和深度是很多ESTJ覺得吸引之處。而INFJ通常會被ESTJ的穩重、責任心、禮貌和樂於交談而吸引，ESTJ的活潑能引領INFJ步出他們的自我世界，讓他們感受外間的體驗，尤其是他們很多時避免的體育活動。

正因著大家的差異，ESTJ和INFJ的伴侶能協助對方成長和發展。ESTJ協助INFJ更懂得活用自己的身體，活在當下。隨時間過去和對方的支持，INFJ變得比前客觀和踏實，使他的一個一個想法最終得以實行。INFJ表示ESTJ伴侶有助他們減低空想，減少失望。而INFJ則令ESTJ變得更有耐性、更寬容和對別人更富憐憫。ESTJ常說從伴侶身上，學得比以前更深入更細緻地看事情。

我們合作和相處的困擾

由於ESTJ和INFJ的伴侶性格上差異不少，他們經常要在關係上努力經營。ESTJ非常現實而且樸實，INFJ則追求完美和理論。很多ESTJ思想簡單明確，甚至黑白分明，INFJ則著眼生命的複雜性和可能性。ESTJ有時會認為INFJ的複雜思想過程很令人困惑，他們的抽象思維很沉悶；INFJ則覺得伴侶未能領會別人的暗示或忽略別人的感受，令人氣惱及尷尬。而INFJ通常對伴侶參與的體育活動或比賽興趣不大，反而，他們喜歡思索討論人生，因為他們一直追尋獨特的人生意義及改變世界的大使命。ESTJ通常著重可行的目標，但他們也有足夠的精力以實際行動為家庭和社區出一分力。

ESTJ和INFJ之間最基本的問題是溝通。ESTJ為人極理智決斷，有時會無意間得罪或威嚇對方，或在過度反應下傷害了對方的感受。很多ESTJ不懂察覺別人的感受，而且不能接受別人的差異和弱處，正因為INFJ的敏感度高和同理心強，他們會因伴侶對別人的冷漠而氣惱。面對衝突的時候，INFJ喜歡先單獨思索，後一同討論；相反，大多數ESTJ則喜歡把事情和問題冷靜地即場處理。ESTJ刻板而直接，所以不喜歡對

方模糊或複雜的風格。面對困難時，INFJ喜歡想出不同的處理方法，ESTJ則喜歡按經驗照原有策略行事。由於雙方都是堅持己見的人，他們會相當苛刻。ESTJ會堅持自己的方法比較聰明便利，INFJ則認為他的方法較符合道德。

如何相就INFJ型伴侶

- 對他的複雜思考過程給予耐性，給他時間先組織後表達。

- 用心聆聽他的意見，對起初看來不切實際的事物顯示願意考慮。

- 不要一口拒絕新方案，花點時間考慮考慮。

- 表達感受，嘗試分享你一切的情緒，包括恐懼和受傷等。向對方的細心表達欣賞。

- 別要求對方陪你出席所有社交聚會，尊重他的私人空間和反省時間。

- 對對方的計劃表現關注和查詢，以了解更多有關他的愛好。

如何相就ESTJ型伴侶

· 討論問題前，看看自己需要多少時間組織及思考，別忽然
消失，應先跟對方打聲招呼。

· 為對方做些細心的具體行動，例如做一頓飯、執一次屋、
去取乾洗等，以表達愛意。

· 先向對方詢問意見，然後尊重聆聽。

· 不要在公開場合批評或貶低對方。

· 鼓勵對方與朋友聯繫，肯定你不在狀態的時候他能自然地
交際。

· 在對方和其他朋友面前稱讚對方的成就（向第三者讚揚是
很好的方法）。

　　以上雖然是我跟太太相處要注意的地方，若將這些點子應
用在職場的工作關係，我相信都是相若的。大家不妨先找你的
配偶或家人來作一個比對，因為相識久，所以作分析會比較準
確和實際。有了這些思考，再應用在你工作的合作伙伴就較容
易掌握了。

6. Holland的六角職業類型

　　Holland認為個人的職業選擇並非隨意發生的事件,而是個人基於過去經驗的累積加上性格特質的影響而做的抉擇。

　　Holland類型論（1985）主要應用於生涯規劃藉以協助尋職者了解自己的性格特質,選擇能反映自己性格特質的職業。Holland認為個人的職業選擇並非隨意發生的事件,而是個人基於過去經驗的累積,加上性格特質的影響而做的抉擇;故該職業亦將吸引有相同經驗與性格特質者,形成同一職業的工作者有相似的性格特質,對許多情境與問題亦有相近的反應。至於職業上的適應、滿足及成就,乃決定於其人格與該工作環境的和諧程度。基於上述觀點,Holland認為大多數的人可區分為六種類型:實幹型——R（Realistic type）、研究型——I（Investigative type）、藝術型——A（Artistic type）、社交型——S（Social type）、企業型——E（Enterprising type）及常規型——C（Conventional type）。

其實Holland的六個類型與先前「簡易的職業興趣傾向分析」的四個向度是相關的。放在下圖就一目瞭然。

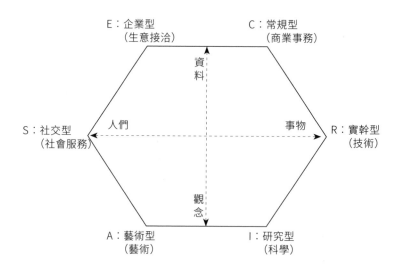

六大類型的英文字首可以排成一個固定順序的六角形RIASEC，將心理測驗的得分情況填入此六角形中，可以分析出一個人人格或職業興趣的一致性（consistency）。

一致性即在六角形的圖中，相鄰的類型具有較多共同的特質，因此其一致性較高，例如I－A、A－S、S－E、E－C等。而相對的類型則較具相反的特質，因此其一致性較低，例如I－E、A－C、R－S。

類型論的六大人格類型與職業類型如下：

1、實幹型（R）：(1) 喜愛實用性質的職業或情境。

(2) 以具體實用的能力解決問題。

(3) 自覺自己擁有機械與動作的能力。

(4) 重視具體的事物或明確的特性。

典型職業：勞工、農、林、漁、牧、機械與現場操作員等。

2、研究型（I）：(1) 喜愛研究性質的職業或情境。

(2) 以研究方面的能力解決問題。

(3) 自覺自己好學、擁有數學與科學的能力。

(4) 重視思考與科學。

典型職業：研究人員、物理學家、工程師、程式設計師、大學教師等。

3、藝術型（A）：(1) 喜愛藝術性質的職業或情境。

(2) 以藝術方面的能力解決問題。

(3) 自覺自己富有表達能力、直覺、創意、不順從、無秩序等。

(4) 重視審美的事物或特性。

典型職業：音樂家（教師）、文學、演藝、各項設計等人員。

4、社交型（S）：(1) 喜愛人際性質的職業或情境。

　　　　　　　　(2) 以社交方面的能力解決問題。

　　　　　　　　(3) 自覺了解別人、喜歡幫助人與人互動。

　　　　　　　　(4) 重視人際或倫理的活動與問題。

　　典型職業：輔導人員、教師、傳教士、櫃台人員、
　　　　　　　解說員等。

5、企業型（E）：(1) 喜愛企業性質的職業或情境。

　　　　　　　　(2) 以企業方面的能力解決問題。

　　　　　　　　(3) 自覺善於社交、喜競爭、追求效率、
　　　　　　　　　　具領導力。

　　　　　　　　(4) 重視政治、經濟、財富上的成就。

　　典型職業：政治家、企業主管、老闆、推銷員等。

6、常規型（C）：(1) 喜愛傳統性質的職業或情境。

　　　　　　　　(2) 以明確的方法解決問題。

　　　　　　　　(3) 自覺規律、順從、具文書與數字能力。

　　　　　　　　(4) 重視資料的整理。

　　典型職業：所有行政工作者，如人事、會計、物業管理、
　　　　　　　倉務管理等。

不過，在同一個行業中其實都可以容納不同職業興趣的人在其中。以下以銀行業為例，因為這行業有很多不同的工種和職位，你會發現每個工作分類都可以在銀行界找到發揮自己的機會。

Holland代碼分析——銀行

R：實幹型	I：研究型	A：藝術型
「動手」 電腦操作 銀行安全 銀行櫃員	「研究和寫作」 估價師 金融分析師	「創意」 市場營銷／圖形 藝術
S：社交型	E：企業型	C：常規型
「人-語言」 顧客服務 代表 培訓師 人力資源 銷售 信用顧問	「決策」 分行經理 經濟學家 主管 會計 信貸人員 投資銀行家	「數據」 會計文員 數據輸入員 按揭文員

讀者想測試自己職業興趣的傾向，可以到香港青年協會的青年就業網絡進行測試，測試後有即時報告：

http://yen.hkfyg.org.hk/yen/lifebanking/Research/
Html/test2.php

筆者在網上的結果是這樣的：

香港青年協會 青年就業網絡

人生理「才」計劃 職業性向測試結果

AU

項目	R	I	A	S	E	C
性格	4.125	5.125	4.875	5.625	3.75	3.5
興趣與技能	1.625	4.75	4	5.625	3	1.375
喜歡的職業	1	1.75	2.625	5	1.25	1.25
總分	6.75	11.625	11.5	16.25	8	6.125

A. 每組最高職業類型：

　　(I) 性格：S I A

　　(II) 興趣與技能：S I A

　　(III) 最喜歡的職業：S A I

B. AU 的職業性向類型：S I A

　　讀者有了這個結果，可以到外國一個有名的職業資料庫 O*NET進一步探索職業的可能性。

7.使用O*NET尋找適合自己的職業

了解適合自己人格特質的職業，讓你對於自己的人格、
興趣與現實職業之間的對應，有一個基礎的認識。

如果我們已經知道自己的Holland職業代碼（1-3碼），
可以進一步到美國的有名的職業輔導網站O*NET，找找看有
哪些可能適合自己的職業。O*NET的相關網址在：

http://online.onetcenter.org/find/descriptor/browse/
Interests/#cur

使用O*NET系統很簡單。舉例而言，筆者的Holland代碼
前三碼分別是SIA，先根據第一碼S，朝網頁中的Social點一
下，進入跟「社交型」有關的搜尋網頁。在這個網頁中，你會
看到上方有三個欄位。在三個欄位分別填入S、I、A，最後點
Go。

我就看到不下20個適合我職業興趣的行業。當然 Counseling Psychologists，Marriage and Family Therapists以及Psychology Teachers也在其中，這也印證了自己沒有入錯行呢！

如果你因為使用「Holland職業代碼＋O*NET」系統，一下子就對適合你的職業豁然開朗，那當然很好。但使用這個系統，比較重要的意義應該是在於「啟發性」的。用O*NET的主要目的在於讓你了解適合自己人格特質的職業，大致上是什麼樣子；讓你對於自己的人格、興趣與現實職業之間的對應，有一個基礎的認識；也讓你在開始探尋自己的理想職業發展時，有一個比較清楚的出發點與大致的方向。

O*NET對於每一種職業都有相當詳細的描述。包括：

· 這種職業的一般描述

· 每一種職業可能有許多職稱（Sample of reported job titles）

· 這種職業的主要工作內容（Tasks）

・需要使用的工具與科技（Tools & Technology）

・需要具備哪些知識（Knowledge）、技能（Skills）、
能力（Abilities）

・還有許多其他資訊，如入職條件

・還有薪酬的參考

例如可以看看我Marriage and Family Therapists的資
訊：http://www.onetonline.org/link/summary/21-1013.00

可惜香港暫時沒有這樣方便和詳盡的資料庫，但到訪這網
站定能啟發你尋找理想職業的方向。

8.你理想的工作環境

除了選擇行業之外，你還要考慮不同的工作環境。

同一個職業在不同的場景可以帶來很不同的生活境遇。不是嗎？同樣是老師，你可以是幼稚園教師，亦可以是一間大學的教授；或許同樣教中學生，你可以是在一間名校、私校，甚至補習社做補習天王，不同的教學環境給你不同的薪酬、教學上的支援、不同程度和學習動機的學生、也有不同的壓力，例如期望你教的學生要有幾多個「A」等。所以除了選擇行業之外，你還要考慮不同的工作環境。一般來說，工作環境包括政府工、大企業的公司、非牟利的服務機構、中小企、家族生意及自僱人士等。不如我們談談不同工作環境的特性、公司文化和對員工的要求等問題。

大企業

每一個行業都有一些行頭大阿哥，例如銀行界匯豐銀行、恒生銀行、Citibank等；在會計界就有所謂Big 4：KPMG、

Deloitte、Ernst &Young、PricewaterhouseCoopers。網上就流傳了一篇「你想在Big 4工作嗎？」的文章(http://cusp.hk/?p-2195)，寫了不少在大公司的現實：不斷超時工作、新人入Big4要注意什麼？這篇文章的後記是很有意思的。

文章節錄：「最後想講一講寫這篇文章的目的。對一些很想半途轉行的人如IT，很想說給你們聽這行的苦況，轉行前要三思。對於那些打算大學選修會計的同學，想他們知道不要盡信Big 4 Road show的promotion campaign。會計這行並不如HKICPA或ACCA在電視宣傳般那樣好景或專業。另外並不一定中五畢業出來都可以做到會計師。現實是現在有太多的會計師並且有嚴重的underpaid！工作時間長與工資名不副實。工作得不到普遍老闆的尊重，同時要面對很多上司的壓力。所以大家在打算加入會計這行之前要三思同做多些research，了解多些這行才決定。」

話說回來，大企業的公司規模大，行政架構完整，通常你入職會有很好的orientation program，也給你一條清晰的事業發展的步驟，入職後有完善的在職培訓，大前提是工作的專業和效率。因為它們是行頭大公司，給你的薪酬和福利都比別

的公司好，它也自然會選擇一些學歷上的精英入公司、你要在眾同期入職的同事突圍而出，就要在勤奮、專業、公司政治和人際上都要做到最好，壓力之大，可想而知。

政府工

昔日我們稱政府工為「鐵飯碗」，意味著它給予人一份安全感，不容易被裁員的穩定性。政府是一個大型的機器，當中有的工種，職級是相當多元的。筆者初出茅廬的時候都入了政府工作，當一個職業治療師，由二級、一級到高級，有明顯的職系，要升職是靠年資多於工作突出的表現；所以，升級有「排櫈仔」的說法。因為高低級的階級觀念緣故，工作多是按本子辦事，缺乏商界的靈活和進取，要在工作環境上帶動轉變容易有阻力，像要拉一隻大笨象走路一般。所以，你若是一個想打天下、想去拼搏、樂於迎戰轉變的人，政府工應該不是你的首選。不過，今天的政府工作已起了很大的變化，因為要精簡架構，不少工種外判，也多了投訴和問責的機制，做政府工比以前多了不少壓力。

非牟利的服務機構

愈來愈多非牟利的服務機構像企業般運作,香港比較有名的,例如青年會、明愛。在這些機構工作的人通常比較有理想,希望能服務有需要的人士。不過,除了一些社會工作者或直接提供服務的專業人士之外,一個非牟利的服務機構,有很多不同的職位。就算是會計或市場推廣的工種,在這些服務機構中,也可以發揮所長。不過,這類機構部分的收入來源是靠政府或慈善機構的資助,他們的收入會比在商界的同樣職位為低,但因為是出於助人的心,為理想的緣故,經濟的回報通常放在較次要的考慮。這類機構較有人情味,注重隊工的精神,工作雖然辛苦,卻能從幫助人的互動中得到滿足。這些機構因為較重理念和同事的感受,有時候在行政管理上未必能像商界般有效率。游走過商界與非牟利的服務機構的人,會知道當中有得亦有失。有時候看到機構較重理念、人情,事情卻未必做得好。

家族生意

如果家人有生意在手，最容易信賴的是自己的親人，所以家族生意給年輕人一個很大的挑戰。筆者認識一位馬來西亞的男士，他中學後往英國唸工商管理，但家族有一間小小的五金舖，作為一個年輕人當然想去一些大公司工作，取經驗。無奈父親的生意無人繼承，但他學的工商管理在五金舖實有點大材小用，故他進退兩難。又間接聽到有一位父親做茶葉生意的年輕人，本想用新的方法，邊提倡茶道，邊推銷生意，已經請了一位這方面專才的下屬。無奈父親是老一派的人，他認為自己做了這麼多年的生意手法，沒什麼問題，拒絕用這位有茶道經驗的專才，結果生意沒有新的發展。

當然，有好的家族背景，能助你不用由低做起，可以很快就坐在一些重要或決策的位置，容易平步青雲，但亦可能失卻一些自由成長和發揮的機會。換個角度，你進入一間濃厚家族生意的公司，作為一個外人，你就要掌握家族的互動，家族像公司一樣有所謂家族的政治，你要摸清楚誰是最終的話事人，誰最會弄權，當然，你若被重用，你就可以有大樹作蔭。

中小企

　　中小企的強項是行動迅速，反應靈活。你若在大公司工作過，中小企的老闆，會看重你的經驗和背景。因為中小企未必有很清楚的分工和行政架構，故此可讓你有不少學習的機會，身兼數職，個人要有相當的彈性和拚搏的精神。例如有一段時期，港人在內地設廠，不少行政級的人北上工作，藉此很快獲得賞識。只要得到老闆信任，不高的學歷也獲晉升。例如，你是一間小型公司的秘書，你可能要日理萬機，公司上上下下你都要理，辦事的能力會很快被提升呢！

自僱人士

　　愈來愈多人不想被一間公司束縛，或者打了這麼多年工，受了不少老闆的氣，享受自由身的工作，只要有一項專長，例如攝影、寫網頁、自由寫作、翻譯或裝修工程等，就算保險從業員，嚴格來說也是一個自僱人士。自僱的好處是自由，它的壞處亦是太自由，個人要有相當的自律，才不會過分空閒，或忙得死去活來。有時候獨立工作，缺乏同事的支援，也沒有

所謂放工的時候，生活取得平衡是其中一個挑戰。要接生意就要具備生意頭腦，靈活的應變能力，好的社交網絡，如何market自己。如果創業需要一些資本，自然亦有一定程度的風險。

以上是不同工作環境的一些利弊，每個人在不同的人生階段、有不同的家庭需要，加上自己的性格，可能會有不同的選擇。

9. 職場的EQ

你若想跟某人建立良好的關係，想想他的優點、
他有什麼地方值得你喜歡，熱誠地表達對他的喜歡，
他可能也會正面的回應你。

　　工作上有不少跟人合作的機會，能夠與同事或顧客建立良
好的關係，可說是職場上要掌握的EQ。筆者綜合了七方面是
我們通往人際相處、人見人愛的不二法門，說穿了是先了解人
性的一些需要，盡量滿足他人的人際個人的需要，或者說：
「己所不欲，勿施於人」的人際應用。

1.人最怕是被拒絕、人最需要是別人的接納

　　我想這是每個人都有過的經驗，當去到一個新的工作地
點，你感到陌生，你很想找到可以支持自己的對象；在這樣的
環境裡，你最需要的是別人的接納。一份滿足的關係最基本的
條件就是回應人被接納的需要。

2.要與人有效相處，
你一定要保護和建立別人的自我形象

自我形象是每個人最寶貝的財產，所以，當同事感受到自我形象受到威脅，他就會遠離你、避免受傷。反之，在工作的人際交往中，你不斷建立他的自我形象、鼓勵他成長，他自然喜歡與你交心。

3.在人際相處時，
每個人都關心自己有沒有份兒

在公司中，有自己的份兒（being included），是我們每個人都關注的，我是否受歡迎；我的表現，其他人會接納嗎？所以，在工作的地方多留意有沒有一些人感到被忽略，我們若主動接觸他，幫助他進入工作的圈子之內，他自然會對你充滿感激。

4.每人都喜歡談對自己重要的事

這是一個很微妙的互動，每個人都有自己關注及感興趣的事，我們與同事或顧客接觸時，是投其所好，專談對方關心的

事，還是暢談自己的事呢？這似乎是要取得一個很好的平衡。我想較理想的原則，是先去了解、後求被了解。

5. 人只會吸收他能夠了解的事情

每個人都來自不同的背景，他們有慣用的語言，思考的方式。所以，與人相處的時候，要用對方能夠了解的語言，是十分重要的考慮，否則，我們會有一種疏離的感覺。例如，我們跟公司的清潔工人交往，我們要將說話淺白化。又或者一個外地回港的人，他要刻意留心，自己是否夾雜了太多的英文用語。

6. 人喜歡和信任一些喜歡自己的人

這是人際相處一種正向的化學作用，當你感到有人喜歡自己，你也自然會有正向的反應，這特別明顯是在工作間，我們感受到上司寵愛自己，我們會加倍努力的工作。所以，你若想跟某人建立良好的關係，想想他的優點、他有什麼地方值得你喜歡，熱誠地表達對他的喜歡，他可能也會正面的回應你，關係自然不斷地增長。

7.施與授要取得平衡

我們幫同事一個忙的時候，會感受到快樂。因為這是施比授更為有福的道理，但這做法也有它的問題。單向的付出會讓領你人情的一方有一種欠你人情的感受，這施多於授使施予一方站在較優越的位置，使關係失去平衡。有同事這次給了你，你下次還給他，這種禮尚往來的方式是中國人交朋友的藝術。

以上是工作間與同事相處的小貼士，你會發覺將心比己，先考慮自己對人的方法會給人一些什麼感受和反應，為人多想一步就是職場EQ的秘訣呢！

10.什麼推動你工作？

或許你問自己的心是愛上星期一，
還是多謝神，今天是星期五。

最近聽到一個有趣的員工輔助的講座題目：「愛上星期一」。以前我們聽到的是：「多謝神，今天是星期五！」（Thanks God it's Friday!），這講座是以正向心理學作主題的，我們工作若能充滿樂觀、正面和期待，這是在工作間獲得快樂的秘訣。聽說這個講座的參加人數很不錯。這是否意味著，我們若能愛上自己的工作，我們就可以在星期六、日休息之後，帶著動力和朝氣去工作，因為我們從工作中找到自己的熱情（passion）所在。

你不妨透過以下「工作動力圖表」的問題，反思自己現時的工作能否給你工作的動力？若有嚴重的落差，你是否要思考另謀高就呢？在反思以下的問題之前，或許你問自己的心是愛上星期一，還是多謝神，今天是星期五。

主要工作的動力元素	請問你自己以下的問題
你和你的工作	
有意義的工作	你工作有滿足感嗎？ 工作讓你感到滿足的比例有多少？ 你所參與的工作令你興奮嗎？ 你為自己的工作感到驕傲嗎？ 你的工作帶給你生命一些正能量嗎？ 你對工作的內容感興趣嗎？ 你的工作有帶給你熱情的潛質嗎？
角色的清晰	你知道工作上對你的期望嗎？ 你知道你的工作角色如何與你的隊工配合嗎？ 你有一個清晰的交代工作的機制嗎？ 你有一個清楚的工作指引？
合適的工作量	你的工作有多少令你開心的部分？ 你有足夠的差事充實一天的時間嗎？ 你能在上班的時間內完成你的工作嗎？ 你的超時得到補償嗎？
你感到對工作有選擇和控制權	你分配到的工作是根據你的意願和強項嗎？ 你工作的選擇與你的性格配合嗎？

	你有權反對一些你不認同的工作計劃嗎？ 你有一套固有的工作程序嗎？ 你對如何工作的方式和程序有提出意見的機會？ 你有決定何時完成工作的死線嗎？ 你有提出工作上意見的渠道嗎？
你和他人	
適當的認可	你從你的上司得到定期的工作回應嗎？ 你有年終的工作評估嗎？ 你有機會在一些工作會議中匯報和檢討你的工作計劃嗎？
工作中有社交的支援	你在同事中找到友誼嗎？ 在工作以外有跟同事接觸嗎？ 公司內有一些交誼的組織嗎？ 你樂意在工作時間以外推動一些社交活動嗎？ 你跟同事有談及工作以外的私人事情嗎？
互助的工作環境	你公司的文化是合作和彼此支援嗎？ 一些與工作成效無直接關係的表現得到欣賞嗎？

你和你的公司	
金錢	你得到合理和公平的待遇嗎？ 你每年有加薪的檢討機會嗎？ 你有花紅或工作表現的獎勵嗎？
對公司的信念	你知道自己公司的使命宣言嗎？ 你為能夠在這間公司工作感到自豪嗎？
晉升的機會	你公司提供一個清晰的事業發展的路徑嗎？ 你公司有投資在員工的培訓和發展嗎？

11. 工作的價值觀

**所謂人各有志，在一個人選擇自己的職業的時候，
這個志向其實就是他的工作價值觀。**

價值觀可以說是我們個人處事、作決定時的基本信念和原則；它也是推動我們追求不同事物和滿足感的來源。例如，應用在工作上，能夠幫助人（Altruism）是不少社工或輔導員追求和滿足感受所在；價值觀也可以是我們個人評估成就和效能的標準。例如，我在這個工作崗位上，真正能發揮助人的效用嗎？

我想，最能了解自己的價值所在，回答一些簡單的問題，就可以釐清我們的價值觀。

1) 假如我有一筆巨款，我會怎樣使用？

2) 我一生中最想得到的是什麼？

3) 我最大喜樂的來源是？

4) 假如我只剩下一星期的生命，我會做什麼？

5) 若在一場水災之中，我只能保留一樣物件，我會留下什麼？

6) 理想的工作，必須給予我什麼？

工作價值觀是從價值觀的涵義衍生而來，簡單來說，工作價值觀為個人價值體系中的一部分，是我們從事工作時，以此評估有關工作、行為或目標的信念和標準，我們以此表達工作的行為和追求工作的目標。最能顯示我們的價值觀就在於我們的選擇。

所謂人各有志，在一個人選擇自己的職業時，這個志向其實就是他的工作價值觀。工作價值觀表明了一個人通過工作所要追求的理想是什麼。

工作價值觀的檢視

工作價值觀可分為「外在」（extrinsic）和「內在」（intrinsic）的。

「外在」的價值觀是與工作性質本身沒有關係的，如薪金、工作時間、工作環境等。「內在」的則是與工作性質本身有關的，如有意義的工作、工作性質多樣化、有美感的工作等。

我們選一個行業的特質多數是與「內在」的價值觀有關，但同一個行業也可以有很不同的工作環境和條件因素，這是與「外在」的價值觀有關的。年輕的時候，沒有家庭的負擔，我們可以不問工作的「外在」的價值，為自己的理想拚搏。但隨著在工作世界的年日多了，我們會多問一些「外在」價值的條件也是很正常的事。重要的是我們要不時檢視自己的情況，作出相應的調節。

現時我們看到的工作價值觀的評估表有很多，筆者比較喜歡使用Donald Super設計的工作價值清單（Work values Inventory）。這份工作的價值觀項目有十五項，包括：能幫助人、美的追求、創意的尋求、智性的啟發、成就感、獨立性、聲望、管理的權利、經濟報酬、安全感、工作環境、與上司關係、與同事關係、多元性，能自由選擇生活方式。

　　試看每項的註釋，並選出首三項最重要的價值觀及尾三項最不重要的價值觀。

工作價值觀清單	
工作價值觀項目	**說明**
1.能幫助人	感受到幫助他人的快樂
2.美的追求	可以使世界更美好，增加藝術氣氛
3.創意的尋求	發揮個人的創造力，發明新事物或設計新產品
4.智性的啟發	有獨立思考及學習分析事理的能力
5.成就感	獲得成就感
6.獨立性	可以按自己的方式和步調去進行
7.聲望	受到他人的推崇和尊重
8.管理的權利	發揮督導或管理他人的能力

9.經濟報酬	豐富的收入
10.安全感	提供安定生活的保障
11.工作環境	良好舒適的工作環境
12.與上司關係	與主管平等且融洽地相處
13.與同事關係	與志同道合的夥伴一起愉快地工作
14.多元化的工作	工作富有變化，不枯燥單調
15.能自由選擇生活方式	有充裕時間和假期

首三項最重要的價值觀

1 _____

2 _____

3 _____

尾三項（最不重要）的價值觀

1 _____

2 _____

3 _____

有興趣的讀者可到Appendix 3寫一份較詳盡的問卷及得到自己的結果。

我也以此檢視自己，原來我最高分的是能幫助人、能自由選擇生活方式、創意、成就感等。而最低分的卻是管理的權利、與同事關係及經濟報酬等。

我將這些價值與在神學院工作的環境比較，心中為此感恩，因為神學院能給予我一個自由的空間，不用太多行政管理的工作，人事也算簡單。在學院的工作，我可以接見輔導學生、能寫作，這給予我不少助人和創作的機會，工作的成就感也不少。雖然，經濟報酬比以前少了，但只要工作有滿足，從中找到工作的意義，我看這是在中年的人生階段最重要的考慮。

反省問題:

- 什麼工作價值觀對你最重要?為什麼?

- 你所選取的價值觀是「外在」的還是「內在」的? 這反映了什麼?

- 你選出的三項工作價值觀,在自己現時的工作中能 得到滿足嗎?

- 你有哪些價值觀是你現時的工作不能滿足到的?

- 你認為還有什麼其他工作機會可滿足你價值觀的需 要?

- 在你所選擇的工作價值觀中,它們有沒有互相抵 觸?

「外在」的價值觀是與工作性質本身沒有關係的，如薪金、工作時間、工作環境等。「內在」的則是與工作性質本身有關的，如有意義的工作、工作性質多樣化、有美感的工作等。

每一個人都有一個故事，

愛情如是，

事業如是。

Chapter 2

上班族，要知道職業的 8 件事

1. 我知道自己工作的處境嗎？

我對樣樣都有興趣，
但我似乎需要找一個焦點。

筆者是一個心理輔導員，除了婚姻及情緒等常見的輔導問題外，也有不少機會接觸職業上有困擾的求助者。在我輔導的人中，他們要尋求在職業上的幫助有很多可能性，可以是初出茅廬、轉老闆、轉工、轉行。最常見的是初出茅廬和中年轉工的。

以下是一些他們帶來的常見問題，看當中有沒有你類似的煩惱和關注：

「我在事業的十字路口，我可以有新的路走嗎？」

「我被裁員了，我可以怎樣？我趁機會轉變工作環境，我有點厭倦現時的行業？都四十出頭，還可以轉行嗎？」

「我想我知道自己想要些什麼，但我缺乏動力，是什麼阻礙我勇往直前？」

「我做了幾年家庭主婦，現在孩子入學了，我想重投工作市場，但我感到自己落後了。我如何重建自信？」

「我選了這個行業，但我不肯定是否適合我的性格？」

「我現在工作很不開心，我不清楚自己是否需要轉行，還是轉一間公司、轉一個老闆就可以？」

「我對樣樣都有興趣，但我似乎需要找一個焦點。」

初出茅廬的焦慮

在未知將來的焦慮中，
慢慢找到在工作世界中的一個席位。

對於一個年輕人來說，從學校走到工作世界是一個很惶惑的過程。舉我家中的兩個女兒為例。大女兒在中學時選錯了理科，她的興趣在社會科學，中學會考的成績通識科較理想，理科的高考成績強差人意，知道重讀並不是好的方法，所以便轉讀副學士，因為選中了自己的興趣，所以成績理想，一年後便成功升讀大學，主修心理學。她雖然選中了自己的方向，她長遠的目標是想成為一個教育心理學家，在香港這行的入門要求是教育心理學碩士，但香港提供的學位不多，所以競爭相當大，大多數被收錄的學生都要有一些教學經驗，所以她便報讀教育文憑，希望全時間進修一年後可以教幾年書，然後報讀教育心理學的碩士課程。路是這樣選了，但在僧多粥少的競爭下，她要學習忍耐，如何一步一步走向自己的夢想。若今年教育文憑不收錄她，她要找什麼相關的工作呢？雖然知道找到有

教學相關的工作最為重要，但理想可以變為「你想」，在現實世界中，她正開始了一個跌跌碰碰的過程呢！

我第二位女兒，中學時電腦和英文成績較佳，高中公開試的成績算中等。她喜歡翻譯，因為成績未及入讀大學的翻譯課程，她被電腦工程科收錄了，便開始了她三年學習的課程。很明顯，電腦的工作並不是她的cup of tea，在大學她副修翻譯，這是她比較喜歡的科目，但她離入這翻譯的行業仍然很遠。現在的年輕人並未真的知道自己最想進入的行業是什麼，所以，也預計她要先在工作世界打滾一段時間，才會找到自己的理想職業。但面對報章中的招聘廣告，對於一個有大學學位，但不算有專科的，可做的工有很多，但問題亦是太多選擇。她亦有報讀一些相關翻譯的碩士課程，但亦是一個僧多粥少的問題，若沒有被收錄，她就要進入工作世界。

這是一些出茅廬的人的掙扎，在知道自己的大概方向，但要入行的門檻未到之前，他們一方面要先進入工作世界，一方面繼續追求進修增值的機會。希望在這個過程中，在未知將來的焦慮中，慢慢找到在工作世界中的一個席位。

中年轉業的人其實不少

他反問自己，有什麼事情不做會覺得人生有遺憾的。

傳統對事業發展定下一個階梯式的階段，稱為Ladder Model of Life-career stages，下見學者Super提出的不同階段。

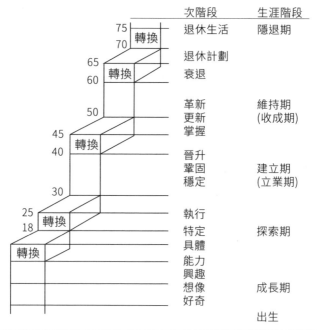

	次階段	生涯階段
75 70 轉換	退休生活	隱退期
65 轉換 60	退休計劃 衰退	
50	革新 更新 掌握	維持期 (收成期)
45 轉換 40	晉升 鞏固 穩定	建立期 (立業期)
30		
25 轉換 18	執行 特定 具體 能力 興趣	探索期
轉換	想像 好奇	成長期
		出生

十五至廿四歲是探索期。經由學校中的各種活動、休閒活動，甚至各種工作經驗，進行自我檢討、角色試探及職業試探，試圖發現自己的職業方向。這階段包括在中學時的選科或入大學時選主修，或中學畢業後選擇職業。這階段若探索不足夠，很快就選定自己的事業發展，又或者為了滿足父母的期望，形成過早決定而日後可能後悔的情況。

　　在跌跌碰碰的過程後，在二十五至四十四歲間是建立期。選定某事業後就努力鞏固自己，謀求在行業內不斷晉升，也是事業發揮期，主要平衡的是家庭與工作間的拉扯與張力。

　　四十五歲至六十五歲退休前，是一段維持事業期。大部分事業內的挑戰都嘗試過，這些工作累積的經驗和智慧，讓他能穩定的生活。重點在於如何維持地位、新意並面對新晉人員的挑戰。以上三個階段是這階梯式的描寫。

　　不過，研究事業發展的心理學家，發現以上的進程並不是常態，不少人在三十五至四十五歲期間，會有一個中年事業更新（midlife career renewal）的階段。這階段的人，在某行業內已有十年左右的經驗，事業與個人價值有時會產生衝突，這會帶來事業的轉變和更新。

　　這期間，他要對事業作出重新評估，也希望能在工作中整合自己性格的不同面。事實上，某一行業並未能完全盡用一個人的才幹和興趣。我也輔導過不少人，本來是醫生，卻想拍電影；本來是商界的，卻希望在舞蹈上發展；也有工程師，轉行開素食餐館。

　　又或者在行業內給予他的生活框架（Life Structure）令他厭倦，想有一個新的生活方式。經過一番評估和計算，他可能有三個出路，包括（一）真的轉行；（二）重新委身於自己的事業，不過在其中找到新的意義或更新自己事業的技巧；（三）最後一個可能是維持現有工作，但花較多時間發展工餘的興趣，或找一些有意義的工作參與。人要走的路各異，但停下來審視和反省卻是必要的過程。

　　認識一位資訊科技界的男士，今年四十三歲，剛在進修一個神學課程。兩年前他因為公司重組，被迫離開了一份IT的工作，在等候期間，他突然發覺自己在這間公司已工作了六年多；回顧自己所作何事的時候，腦海竟然一片空白，他問自己，如果自己再找一份類似的工作，他會否是進入另外一段空白的時間？他反問自己，有什麼事情不做會覺得人生有遺憾

的。有基督教信仰的他，毅然報讀了一個兩年的碩士課程，如今兩年過去了，他有很不一樣的新發現。起初他以為讀完這課程後，會重投資訊科技的行業。但這兩年間，他對一些助人的工作產生了興趣，他開始探索這方面的可能性，這種對工作興趣的轉變，在中年時期出現是相當普遍的。原因之一是厭倦了原先行業的處境，其次，每個人的志趣和潛質，往往是比某一工作能給予他可發揮的高，中年人渴望有另一種新的生活體驗是很合理的，所以，我輔導的對象中，不少是想有更豐盛的生活，想變。

2. 什麼是第二曲線？

在最成功時刻能看到危機，
而勇敢追求另一個潛在的自我。

　　英國管理大師Charles Handy，依據其所提出的S曲線（Sigmoid Curve）說明，很少組織能夠存活超過40年，大部分的企業是在短期內成立、衰退，最後被取代。隨著科技及資訊媒體的進步，產品的生命周期大幅度縮短，因此如何在曲線向下彎曲時，能夠迅速展開另一條曲線，能夠讓企業繼續永續生存。

　　誠然，這第二曲線也可以應用在我們的事業生涯。一般人生過程大都與事業生涯一樣，只有一個曲線。不論曾經多麼風光，如果只有這麼一個曲線，最後總會從高峰走下來。所以，第二曲線給我們的啟示是我們應該勇敢做夢，在人生高峰時就要看到，自己事業軌跡是有走下坡的可能，縱然不是行業走下坡，你自己也可能在這行業上走進一個悶局，失去起初的熱誠。所以我們要努力進行自我投資，如果能夠在事業生涯中

創造第二曲線，就能夠走出另一個機會，而這個第二曲線未必和第一曲線在同一個領域。許多人在完全不同的地方又發現了自己的另一個夢想與能耐，重點於能否在最成功時刻能看到危機，而勇敢追求另一個潛在的自我。

筆者就認識一位充分體現第二曲線人生的朋友。他就是基督教豐盛職業訓練中心董事紀治興先生。紀先生為前惠普環球副總裁及惠普香港公司董事總經理，退休前在惠普工作了二十六年。在惠普任職期間，他曾使中國資訊科技服務的營業額，在六年間增長十倍至超越十億元。

退休後，紀先生在香港中文大學修讀神學；我是在當時認識他的。

若一生的工作追求應該分三個階段：一為成功、二為意義、三為傳承。紀治興在得到成功感後便開始他的第二曲線人生，尋找生活意義，表面是退休，實際是將他多年營商的經驗，貢獻給社企作義務董事。他將基督教豐盛職業訓練中心的髮廊和汽車維修的生意，轉虧為盈，是社企界的奇蹟。他在接受明光社訪問時解釋：「如果社企能夠有一些具營商經驗或專業知識的義工從旁協助，對它們持續營運發展是相當有利的，

而且亦能夠協助社企中有工作能力但無競爭能力的人士，改善產品銷售或提升服務質素，長遠有助增加利潤，令社企有資金進一步創造就業職位，幫助更多有需要的人。」

不少人在中年過渡期間，都在尋找一個更有意義的工作生涯。不論是第二曲線人生，抑或是第二個事業（second career），我們都需要認真正視自己內心的聲音，讓下一段路如何走得更加滿足和快樂。紀治興先生分享他現時在社會上的參與，給他更大的滿足感呢！

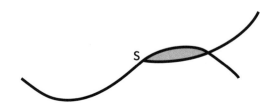

工作被迫轉型的男人

在自己的事業走下坡之前，我們已未雨綢繆，
打開另一扇窗，為自己的事業鋪路。

身邊認識一些在中年工作轉型的男人。

香港就業市場的轉變，令不少男士被迫北上工作，一份與薪酬對稱的工作，似乎只能在內地找到；有妻兒的男士，在工作與家庭之間，確實不容易取捨。認識一位做玩具業的男士，就是耐不了長期在內地工作，辭去工作後足足有兩年仍然未在港找到工作。他因為本身有一定專業的背景，不太想做一些較低下的工作，只待在家中，加上過往沒有做家務的經驗，待業期間，家務既不太能夠幫上忙，在家裡也不知如何自處，這可算是轉型失敗的一個例子。

另外一位男士因曾破產，也厭倦了過去保險業的工作，便轉在國內做不同的工種，包括工廠的行政管理，金融業等。北上的日子，太太都十分支持，又是過了兩三年，國內的公司在

港開分公司，他良好的工作表現，終於讓他在香港找回一份稱心的工作，他則算是成功轉型的一種。

在轉型的工種中，不少男士由自己原有的工作轉到保險行業，雖然入行的門檻比較低，但對男士卻存著另一挑戰，就是要放下身量。雖然現今推銷保險已經比過往容易，但個人的主動性，面對被拒絕的能耐，對一些曾經事業上有頭有面的男士來說，是一些難過的心理關口，並不是所以男士都能成功過渡的。

曾經風光，之後要從低做起的聖經人物，最突出的要數約瑟。他被兄弟出賣，被賣到埃及作奴僕，他不論作高官的家庭管家，監獄內的事務員，他都能默默的耕耘，忍耐，等待翻身的機會，最終有一個機會，為當時埃及的法老解夢，解決了埃及一次饑荒的危機，之後得到法老的賞識。所謂守得雲開見月明，他終於可以成功轉型。

無疑，中年才面對工作上轉型是有一定的難度，想起第二曲線人生的觀念，就是在自己的事業走下坡之前，我們已未雨綢繆，打開另一扇窗，為自己的事業鋪路。在知識型經濟的社會，我們終身學習，將既有的專業知識和工作經驗轉型，是今

天每個在職人士，面對不斷轉變的就業市場，我們需要作好的準備。

　　一生人一份工或一門專業的日子過去了。我們要多方面充實自己，當逆境來到，我們也可以迎戰。

移居外國尋找工作

近幾年，因為政治事件，不少香港人為了兒女的將來作出移民的決定，不少是夫婦二人正值中年事業的黃金檔期。雖然賣了香港的物業有一筆錢可備用，但找工作卻是必要的。能否找到同一行業的工作？技能是否能轉移到新工作？轉行的話應該選擇哪一個行業？面對未知的將來，總會感到困惑。

移民要重新找工作，有人所謂肯放下身段找完全不同的範疇只求有收入，有人只想找與香港同等待遇的工作。然而不同人原先的職業在當地是否能認證卻不一，例如香港的社工朋友準備移居英國，可是發現香港的社工註冊牌照可能並不符合當地的註冊條件，看來不能從事老本行。

有一位移民美國的人在網頁上分享他的觀察：「除非大家移民前已經為美國公司打工，又或者在科技領域上非常成功並獲美國公司青睞，否則，無論在香港做的工作有多棒，每個月賺很多錢，來美國之前就一定要認清一個事實：短期之內，不要奢求做一樣的工作，賺取同一樣的薪水。」

當然，最理想是能夠做到自己本來的專業，我認識一些神學院輔導的畢業生，他們大多數移民到英國，都能順利考到當地的輔導執業資格；加上不少香港移民都有情緒困擾的問題，來自香港的他們在語言和文化上反而比本地人有一些優勢；我為他們在工作上能順利過渡而感恩。

　　但亦有一些人，因為語言不通，或自己專業資格要求不一樣而處處碰壁。不論大家在香港是管理階層，或者是專業的科技人員，來到外地也不一定能夠投身自己原本的專業。

　　近年流行使用AI，我嘗試問AI移民英國要如何找工作，Copilot就有一些提議，如果你移民後正在英國尋找工作機會，你可以採取以下步驟：

線上求職網站：

- 在Indeed等平台上搜索職位列表，該平台提供各行業廣泛的職位。

- 查看Jobsite UK，了解數千個線上工作機會。

- 造訪Totaljobs以尋找英國不同地區的最新職位清單

政府資源

- 使用GOV.UK網站上的「尋找工作」服務搜尋並申請英國的工作

- 英國政府提供資源來幫助你尋找工作、製作履歷表並準備面試。

個人網絡

- 與朋友、家人和社區中的其他人聯繫，他們可能知道工作機會或能夠推薦你。

- 參加社交活動、研討會和特定行業的聚會

人生下半場的一件事

> 生命分不同的階段，每一個階段像一本書的每一章，
> 在每章中尋找當中自己學到的功課。

有關中年問題的書，近年最流行的首推Bob Buford的《人生下半場》（*Half Time*），作者是一名成功的商人，但成功並沒有給他生命的滿足，直到他發現人生是分為上下半場的，上半場我們追求的是要成功，而下半場就要從追求成功，轉向追求生命的意義。

雖然這本書很暢銷，作者某些觀念也很好；惟此書的作者是從一些成功人士的觀點出發去看下半場，籌劃下半場。然而現實上，我遇到的人，不少「人到中年」都沒有感到自己成功。若在上半場從未成功，那麼，在下半場又怎樣籌劃呢？難道不用追求人生的意義嗎？或許較持平的看法是看我們如何定義成功，《聖經》的觀點是要求我們善用上帝給我們的恩賜才幹，做一個良善和忠心的好管家。這就算是在神眼中的成功的人。

　　當然，這本書帶出我們在下半場要追求人生意義時的論點，確實頗值得我們深思。他說我們要找到生命的一件事（one thing in your life），因為只要找到這件事，我們就能定出人生的先後次序，其他事情就能歸位。因為我們的創造主，像一個寫軟件的工程師，將生命中的一件事寫進我們裡面，將這件事做好，就能滿足我們靈魂的基本渴求。

　　當然，要找這一件事又談何容易。不少中年人轉工就是為要找這件事吧！

　　不過，要找這件事也不是沒有方法。在上下半場之間有中場休息，在中場休息期間，我們要做的是上半場的檢視。我建議大家不妨做一個「生命線」（參考Appendix 4）的習作，將一些生命中重要的人和事列出來，然後順序將這些人和事排列，再將生命分不同的階段，每一個階段像一本書的每一章，在每章中尋找當中自己學到的功課，人一生經歷的在神眼中都是塑造我們的材料，當中我們人生的取向，價值觀就慢慢清晰起來。

　　早幾年前，我也做過這樣的習作，我發現自己看重生命成長的工程，也相信生命影響生命，而回顧自己恩賜所在是輔

導、教導和寫作。在神學院工作，最能將我心中的那一件事，最具體的實現出來。透過教學，培育神學生的生命，並將那些累積的經驗化作文字，造就更多的人，就是我所謂的那一件事。你找到了沒有？

3. 你是司機？乘客？
還是不過坐順風車？

做自己事業的司機。

我們可以看尋找理想職業為一個旅程，走在這旅程中的人有很不同的心態。有一些人對自己要到的目的地很清楚，希望自己能夠用最短的時間，到達自己定下能夠達到最遠的目的地；有另一些人沒有清楚的目的地，隨遇而安，看到當下的環境才決定下一步的方向。

一些做就業輔導的專家發現，要到達事業的目的地，通常有三種到達目的地的心態。就是司機、乘客與順風車的分別。

要做自己事業的司機（driver）。他們心目中很清楚自己的目的地，也知道如何在最短的時間到達，他很希望自己能主導自己的速度和方向。以做一個教育心理學家為例，在香港要成為一個教育心理學家，首先你要有一個心理學的學士學位，

教育心理學家入行的門檻是教育心理學的碩士學位，在香港這方面的學位有限，競爭性很大，除了要有好的成績外，你最好還有一些教學的經驗，所以，一個司機性格的人，他就會按部就班的，先入心理學系，畢業前要找到教學的機會，等待累積一兩年經驗就報讀碩士課程，有明確的目標和步驟，一步一步的向自己的目的地邁進。

第二種心態是做一個職業的乘客（passenger）。或許你已選了某一個行業，但你除了入職某公司之後，你就少為自己的事業作規劃。你若幸運，找到一間前景一片光明的機構，你就讓你的上司管理你的仕途。你只是在等機會和等別人的賞識，你就像乘客的心態，知道目的地去那裡，但乘客是不會主導行車的路線，你老闆送你去那裡，你就只得跟隨。是屬於被動型的心態，不想主動作出轉變，一動不如一靜為上。

第三種心態是搭順風車的（hitchhiker）。你不清楚自己想去的地方，你就是隨著機遇上車，上車時對載你的司機沒有很多的了解，只是碰碰運氣而已。聽過一個快三十歲年輕人的故事，他已取得工程師的碩士學位，但做了一兩年之後，可能不是自己的興趣，工作表現也不佳，就當上部分時間圖書館管

理員的工作，可以再找工作和另外一些有興趣的科目。最近他打算讀一個神學的課程，但細問他背後的原因，他都是沒有清楚方向的，只是覺得自己對這些科目有興趣，完全稱不上是有使命感和熱誠的，他搭順風車的心態最令父母擔心，不知道他最終能否獨立，找到自己的理想職業。

你現在面對工作的心態如何？最能找到自己事業方向的，應該是做自己事業的司機，這本書也是為你而寫的，希望透過一些職業的理論、測驗和尋找的過程，你愈清楚自己的方向，愈了解達到目的地的途徑。

4. 擇職難在做決定

我們經常聽到的是：「我都不知道自己的興趣，
也不了解自己性格的強弱。」

在擇業的過程最困難的是作決定。一方面可能是對就業市場不了解，缺乏職業的資訊去作決定。另一方面是對自己不夠了解，一個人要有清晰的自我觀念（self concept），我們經常聽到的是：「我都不知道自己的興趣，也不了解自己性格的強弱。」對一個青少年來說，在成長的過程中未能對自己的身分完全掌握是可以理解的，但原來不少尋找職業輔導的成人，對自己的認識缺乏掌握，或許一些性格測驗如MBTI或職業興趣（Holland）等工具，可以幫助他們作更好的決定。

不過，在擇業的過程作決定還有大大小小不同的問題。最常見的有五方面。

第一是來自身邊的人的意見。最容易左右我們的決定的是我們父母的聲音，父母對我們供書教學，也希望我們找到一份理想的工作，但他們心目中理想的工作，通常是看前途是否理

想、收入是否穩定、豐厚。年輕人找到的工作若是缺乏這兩方面的肯定，父母很容易作出反對。例如一個醉心於話劇的年輕人，父母卻強迫他唸法律。到我們成家立室之後，父母的影響力減少了，但我們的配偶卻會爭取他們的發言權，畢竟我們的決定會影響家庭的經濟和生活的。

第二個作決定的難處是來自自己內心，我們每個人都是很多面和豐富的，一份工作往往不能滿足我們多方面的需要，有些時候要作出取捨並不容易。例如一個人有創意的一面，他亦有希望穩定的一面，這兩面會帶來決定時的掙扎。例如一個年輕人要追求攝影工作，這工作本身就有相當的不穩定性，有時候得到自己喜歡的一面時，我們要擁抱它帶來自己不舒服的另一方面呢！

第三方面是怕冒險。你不作決定，最少你可以保留自己有機會成功的潛質，一旦你作了決定，嘗試後失敗會給自己留下一個失敗者的形象，所以，不少人怕冒險後失敗，就索性一直拖延。怎料不冒險雖然不會面對失敗，但就沒有成功的機會，最終原地踏步也可說是一種失敗呢！怕冒險這一面我們要積極面對。

第四方面是工作與家庭的拉扯。現在不少工作都要或長或短時間的公幹，對一個有家庭要照顧的人，特別是有年幼的子女的女性，要選擇一份要全身投入的工作，有一定的難度和掙扎。就算現代的男性，在家庭中的參與可不少，我認識一位做電腦工作的男士，一直要在內地工作，影響家庭生活，他足足等了兩年，公司才調派他留在香港工作。

　　第五方面，有一些人怕承擔作決定後的責任。他不斷去問不同人的意見，他未必是怕失敗，但決定一旦不成事，他就可以歸咎別人的意見不佳，給自己一個方便的下台階。不過這種只倚靠別人意見的做法，不問自己真正的理想和熱誠所在，恐怕成功的機會亦不高呢！

選擇職業不比擇偶容易

事實上，每一個行業也有它的好處和局限性。

俗語有云：「男人最怕入錯行，女人最怕揀錯郎。」我想今日無論男女，對選擇職業或擇偶都同樣感到是一件又大又難的事。

你曾否想過，我們選擇配偶結婚的過程，與求職擇業的過程，其實有很多相似而又平行之處？對於這些現象，我稱之為職業的愛情現象。

在我們開始拍拖談戀愛之前，有一些擇偶的標準已深深印在我們的腦海中；而同樣地，選擇職業也有一些這樣的標準。這些標準，大部分都是來自我們父母的影響。有一些是我們父母未了的心願，期望我們能為他們成全。也有一些來自我們所崇拜的英雄人物。譬如我們若仰慕某某音樂家的表演，我們或會選擇音樂；我們若仰慕某個親戚的職業，我們便會以這些職業為求職擇業的標準。

當我們開始拍拖後，心情也往往起伏不定，不時會問自己：眼前的對象真的適合自己嗎？擇業的過程也是類似。當我們投身某行業後，心中仍會不時發出疑問：這一行真的適合我嗎？我的選擇正確嗎？

　　在追求的過程中，迷戀（infatuation）亦是一種常見的現象。陷於迷戀的人，往往會不理會自己的能力和性格取向，便一廂情願的盲目追求，而當事人最常犯上的毛病，就是把他的對象美化（idealization）。在工作上，他所美化的是他的職業，正如在戀愛關係中一樣，當事人會美化他／她的愛侶，對對方的缺點視而不見，也不考慮自己是否真的喜歡對方的性格。

　　事實上，每一個行業也有它的好處和局限性。我想不少人曾一廂情願地希望入讀醫學院，卻因為自己的成績未如理想而感到極度失望。可是，當我清楚認識到行醫濟世這行業的工作性質和現實情況後，反倒慶幸自己當年沒有考進醫學院。最近就有一位拔尖的女高才生，讀了一段時間醫科而發現不適合自己而轉到心理學系，我慶幸她能及早的發現原先的職業對象並不適合自己。

　　至於失戀的挫折，相信不少人也曾在追求異性的過程中遇過。渴想進入某行業卻不得其門而入，也是年輕人經常遇到的困擾。香港金字塔式的教育制度，早已使不少青年人遇上這樣的考驗。他們當中有人一往情深，得不到誓不罷休，消磨了不少青春；當然也有人毅力驚人，終於「有情人終成眷屬」。

　　可是，即使對象選對了，從拍拖到結婚，仍然不是一條容易走的路。工作也是一樣，其中仍要不住進深認識、建立交情（friendship），更深入的委身（commitment），而且還要不時問問自己：我對這份工作真的熱愛（passion）嗎？

　　現代愈來愈多人選擇單身的生活，認為找不到合適的對象而勉強進入婚姻是不智的做法，不如享受一個人自由自在的生活。但擇業之難，在於我們比較困難選擇不去工作，為了生活餬口或是打發時間，人總要選擇一份工作，在選擇過程中亦會有選錯的可能；但人生總是一個冒險的旅程，像尋找婚姻對象般，你經過一段拍拖追求的時間，能找到自己職業上的摯愛。

選擇職業時
可以做什麼幫助自己下決定

選擇職業是一個重要的決策，以下提供一些幫助你作出明智選擇的步驟：

認識自己：了解自己的興趣、能力、價值觀和性格特點。這有助於找到符合你期望和需求的工作。本書提供的Holland及MBTI都是認識自己的工具。

調整心態：將工作選擇視為學習和成長的機會，而非生死攸關的決定。你可以隨時調整選擇，只要願意嘗試和適應。事實上，一生人做多過一份工，或者中年時轉行等都是非常平常的，要以平常心去嘗試和探索。

擴大視野：不要局限於傳統或流行的職業，應探索更多可能性，向有相關行業經驗的人請教，或者做相類似的兼職，甚至仍然流行的Working Holiday等，都是你可以多方面參考自己真正感興趣的職業的途徑。

做好準備：收集不同職業的資訊，包括工作內容、待遇、前景等。權衡利弊，作出充分的調查和分析；這方面網上或職業諮詢的機構都可以提供幫助。

跟隨直覺：重視內心的感覺和直覺，聽聽自己最想做什麼、最喜歡什麼、最適合什麼。希望書中職業尋夢記有關Peter的故事能給你借鏡和鼓勵。

5. 別讓內化的價值觀
成為你找工作時的阻礙

不少人在成長的過程中，不自覺地接納了一些內化的價值觀。

　　最近看到一齣很有意思的印度電影，名為《打死不離三兄弟》。故事是講述三個同唸工程的學生，他們成為好朋友，在學期間一起有很多經歷。例如面對填鴨式的教育，他們想擺脫求學只為求分數的枷鎖，在學校帶來不少反動的行為。整齣電影有很多值得深思的主題。它特別指出一個人能真正的追尋理想，而非金錢名利，才能活出豐盛人生。

　　三個兄弟中有一個是因為父親寄以厚望才唸工程的，他自己卻熱愛攝影。他終於畢業了，本想要去接受一個工程的面試。但好友為他寄出了一封攝影工作的求職信，並獲得取錄。他有一個發揮自己興趣的機會，但他卻害怕父親反對。他得到兩位朋友鼓勵，便鼓起勇氣跟父親表白。父親第一個反應是失望和反對；但當兒子跪在父親面前，說知道自己要走攝影的路不好走，薪酬少，工作辛苦，但這是他的熱情所在，他做工程

師會不開心，他情願做自己會開心的事，有熱情就會做得好，最終都會有機會成功。這位老父親最終被兒子的真情剖白打動，還將新買回來的電腦退回，給兒子買一部專業相機。這是多麼完美的結局。

但筆者在職業輔導的工作中，發現不少人在成長的過程中，不自覺地接納了一些內化的價值觀（introjected value），是父母、社會的一些未被質疑的價值觀，會令當事人像穿上一套緊身衣般，沒有自由去追尋自己的夢想。

我想像這齣電影中的主角來到我面前，他要放棄工程師的學歷而去做攝影工作，他內心會有很多掙扎：「我浪費了我的學歷。」

我若問他：「是誰說的？」他定會這樣回應：「是我父親，他要我做一個工程師，光宗耀祖。」

我接著問他：「你若照著去做，你會怎樣？」

他回答說：「我會愈來愈不開心。」

我會說：「似乎你父親給你一個很強的訊息，你應該和不應該做什麼？」

透過一個探索的過程，我可能為他整理出這樣一張內化價值的清單：

我應該
· 找一份穩定的工作
· 做一個成功的男人
· 要完美
· 要比你父親成功
· 要向上爬
· 要有一份受人敬仰的專業
· 要入一間有江湖地位的公司
· 要賺許多許多錢

我不應該
· 冒險
· 做一份人工低、沒出色的工作
· 浪費你的學歷
· 接受一份降薪的工作

當你作職業的決定時感到猶豫不決，你可以探索一下有沒有類似的內化了的價值觀，這些價值觀有值得挑戰和質疑的地方嗎？

傳統工作價值觀
與後現代青年心態之間的差異

因時代變遷，有一些傳統工作價值觀已有改變。我們先來看傳統的工作價值觀。

傳統工作價值觀

穩定與忠誠：在傳統社會中，工作通常被視為對單一僱主的終身承諾。人們重視穩定性、工作保障和長期忠誠度。

尊重權威：傳統的工作價值觀強調尊重權威人物、遵守規則、組織內的階級結構。

努力工作和紀律：強烈的職業道德、守時和紀律受到高度重視。

專業化和工藝：傳統工作通常涉及專業技能和工藝，非常重視對某一行業或專業的技能掌握。

後現代青年心態

靈活性和適應性：後現代青年優先考慮靈活性和適應性。他們願意更換工作、職業，甚至業界，斜槓和自由職業對他們很有吸引力。

工作與生活的平衡：與以工作為生活中心的傳統觀念不同，後現代青年尋求工作、個人生活與休閒之間的平衡，更重視經驗和個人成就感。

創業精神與創造力：許多年輕人渴望成為企業家、自由工作者或創作者，他們重視創造力、創新和塑造自己道路的能力。

精通科技和數位素養：後現代年輕人對科技感興趣，並利用科技來發揮自己的優勢。遠距工作、線上協作和數位通訊是他們工作生活不可或缺的一部分。

從傳統工作價值觀到後現代心態的轉變反映了更廣泛的社會變化。全球化、科技進步和文化轉變重塑了我們對工作和職業的看法。

我們必須認識傳統觀點和後現代觀點都有其優點，雖然穩定性和忠誠度仍佔有一席之地，但適應性和創造力在當今動態的世界中同樣有價值。

當然，新一代年輕僱員對於薪酬、職稱、工作自由度、晉升速度等，都有很高期望；而僱主則認為，不少缺乏經驗的年輕僱員對工作不夠投入上心、做事缺乏動力、斤斤計較、過度自信。這些價值觀和工作態度的差異，都需要彼此認識和溝通，否則，年輕人不斷轉工，傳統僱主又不斷要請人，這是雙輸的局面。

年輕員工尋求符合他們價值觀的有意義的工作，更願意辭去那些缺乏成就感、不切實際工作量的工作。僱主要優先考慮這些取向，才能留住年輕的人才。然而年輕人雖然期望快速的職業發展、有趣的角色、持續的回饋以及對其努力的認可，他們也當承認工作中總有一些乏味、重複的任務，要取得一個合理的期望，才能在某一行業中打穩基礎。

6.尋找自己的聲音

> 內在的聲音的追求，
> 是解決人生缺乏意義的很有效的出路。

不少人對工作總是不滿，對上司來說，如何帶領下屬向上提升總是一籌莫展，個人、家庭、機構，都在這個轉變快速的時代中坐困愁城，無法突破。

成功學大師Stephen Covey繼《與成功有約的七個習慣》後，針對所有人的苦惱提出根本解決之道：「第8個習慣」！

Stephen Covey的*The 8th Habit*，書中一個核心圖表：

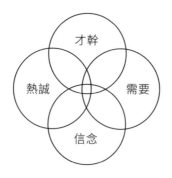

Covey認為人生在世，最重要的是要找到自己的聲音。他認為當人能運用自己的才幹（talent）對自己所作的有熱誠（passion），並且是外面世界迫切的需要（need），而你內心也有信念，確認這是對和有意義的事（conscience）。那麼，這個人就算是找到自己的聲音。這就是你的心聲、你的召喚、你的靈魂密碼，就在那個交集處。

　　內在的聲音是人類獨特且重要的本質，當我們面對巨大挑戰時會表現出這種本質，也正是它使人得以戰勝挑戰。

　　筆者認為內在的聲音的追求，是解決人生缺乏意義的很有效的出路。因為它不單止將自己的精力局限於一己的利益上，它呼喚我們要回應社會甚或世界上迫切的需要，就是感到自己對世界是有所貢獻的，自己的生命沒有枉過。

　　對於一個有信仰的人來說，我們是聽到造物者對我們的召喚，我們相信每個被造的人都有他獨特的才幹和活著的使命，在他短暫的人生中，能活出一個豐盛的生命，遺愛人間，也是我們能活得精彩的把握所在。

對於Covey來說，找到自己的聲音是一個有著天壤之別的抉擇。無論男女老少、有錢還是貧窮，每個人都在以下兩條路中抉擇：一是通往平庸、寬廣而易行的大路，這條路是生活中的捷徑和權宜之計。另一條則是通往卓越和意義的道路，通往卓越的路則釋放人類的潛能，並將之轉化為實際，是由內而外、逐漸成長的過程。

每個人的內心深處都有一種渴望，就是活得卓越而有所貢獻，過著真正重要、有所作為的生活。Covey相信每個人都能下定決心放棄平庸，活出卓越。每個人都擁有決定過卓越生活的力量，無論在通往平庸的路上走了多遠，我們永遠可以選擇轉換跑道，永不嫌晚。

筆者在一間神學研究院內工作，來研究院進修的同學大多數是在世界工作了一段時間，再進修是他們選擇第二行業（second career）的結果。在學院認識一位滿有活力的女同學，入學前她是一名中學老師，她熱愛學生和教學的工作，她個性活潑，易與人接觸和關懷身邊的人，過往的工作經驗都證實她有感染青少年人的能力，教學時善用課堂的互動，是十分受學生歡迎的好老師。所以，無論在才幹（talent）、有熱誠

（passion），是外面世界迫切的需要（need）上來說，她大可以繼續她的教學工作；但她是一位基督徒，她感到內心有一種召喚，很想用《聖經》的說話和個人的信仰，去服務一些比較缺乏和弱勢的年輕人，她便選擇入神學院裝備自己，對《聖經》有更深的認識，也藉學院的生活和學習，叫自己的生命更成熟和成長，因為她有「生命影響生命」的信念。畢業後她希望能當一名傳道人，進入年輕人的世界接觸和幫助他們，像一個另類的北斗星。聽她傾訴後，我為她找到自己的聲音而高興，相信她找到了內在的聲音，就能擴展影響力、貢獻她的才幹和時間，盼望她也能激勵年輕人去尋找自己內在的聲音。而「激勵」（inspire）一詞的意思就是「把生命注入他者」。

7. 找工時的貴人

良好的人際網絡，這些人可以是你找工時最大的幫助。

要找到一份好工，除了你有個人的本錢和本領外，身邊有沒有一些貴人也是十分重要。中國人有句話：在家靠父母，出外靠朋友。現代人也看重你有沒有良好的人際網絡，這些人可以是你找工時最大的幫助。

我心目中最少有五類的人物是你找工時的助力。

·**相信你的人**：一個認識你，知道你的志向，相信你能力的人。找工作可以是一個很容易令人沮喪的過程，等候消息，或申請被拒絕時，我們很容易對自己產生懷疑，自己是否眼高手低？我是否選錯了方向？一個相信你的人，在這些時候會給你支持和肯定，他們的知遇給你燃點起盼望。

·**一位好的老師**：他可以是你熱愛某行業的前輩。他知道你要怎樣裝備自己，他能夠給你指出一條成功的道路，他也曉得如何在適當的時候指引你、游說你，甚至在重要時刻教訓

你。他的經驗和身分是你所尊敬的，你也知道他有能力給你指點迷津。

·**聆聽者**：你身邊需要一個樂於聆聽你的人。他不需要有很多專業的背景，他只是在你情緒激動的時候，在你身邊聽你傾訴。當你感到困惑時，你可以透過暢所欲言來整理自己混亂的思緒，我們內心的憂慮，有一處地方可以放下，你就可以重拾力量向前邁進。

·**你的軍師**：尋找工作的過程，要做好計劃，要有部署，你身邊若有一個善於計劃、獻策和解決困難的朋友，他會在你遇到阻礙的時候，給你另覓出路的意見；他亦是一個充滿創意的人，他會幫你作一些腦震盪的練習，與你一起找到最合適你面對困難的方法。

·**穿針引線的人**：在一個看重人情的中國人社會，在千百封應徵信中找到你去面試並不是一件易事。有一些重要的人物，他可以為你打開一些門，讓你不用摸門釘；知道要達到某目標，要向哪個人請教。這些人際的脈絡其實很重要，你身邊可有一些人面闊的朋友，你大可借助他的網絡，走近目標多一步。

8. 與成功和滿足有約

我們尋找工作多從成功的角度入手，什麼工作能容易給我們成功的機會，往往忽略了工作是否令我們感到滿足。

在《職業教練》（*Career Coach*）一書中，看過一條與成功和滿足的方程式，筆者頗贊同方程式中的理念。我們先看方程式的元素：

$$\text{成功（success）和滿足（satisfaction）} = \frac{\text{遠象（vision）x 計劃（plan）x 紀律（discipline）x 隨機（random）}}{\text{時間（time）}}$$

我喜歡這條方程式的原因是，它擴充了對職業的價值取向。過去，我們尋找工作多從成功的角度入手，什麼工作能容易給我們成功的機會，往往忽略了工作是否令我們感到滿足。我認為工作的滿足感是很重要的，因為缺乏工作滿足感很難叫人持續在這份職業上努力和邁進，或許因為你感到工作的滿足感時，你會自發在行業上努力，最終幫助你達致成功。所以，我認為在職業上，我們要雙線（成功與滿足）的追求和發展。

要得到成功和滿足，這條方程式提出四方面的元素。

第一方面是遠象。一個有遠象的人知道自己的熱誠，他了解自己的性格、興趣和才幹，他能想像到自己在將來能達到的目標是什麼，這個遠象愈清晰，他就愈能夠為此而努力。例如，聽過一些在很年輕的時候就知道自己想當一個醫生的人，這個遠象就影響了他在求學時的選科，在醫學領域中多探索。

第二個元素是計劃。當我們知道自己的遠象後，由起點要到達終點，可能要花上五年、十年的部署和計劃。認識一位邊青，年輕時加入黑社會和吸毒，在罪海浮沉多年，幸得到一些基督徒社工幫助，生命來一個180°改變，他後來決定投身做一個北斗星，將被人幫助的經歷化做回報社會的動力。但連中學課程都未完成的他，便要從基本做起，由中學、大專到投入社會工作，當中他很清楚達到自己遠象要完成的計劃，他就一步一步朝著目標邁進。

第三個元素是紀律。一個偉大的夢想，很少會不費心力和時間就自然送上門。所以，在事業上成功的人都是十分有紀律的。「地球上跑得最快的女人」紀政談到林書豪的成功時表示：「以我的角度，我最想談林書豪令人敬佩、我認為更重要

的地方，那就是他的『文武雙全』。台灣視林書豪的允文允武為『特例』，但我要說，那應該是『常態』，天下沒有腦筋笨的運動選手，只有沒養成讀書習慣、讀書紀律、不懂得規劃時間的運動選手，林書豪能做到的，為什麼我們不能做到！」她以運動員應該培養「訓練的紀律、知識的紀律及生活習慣的紀律」作為勉勵。

我最認同這條方程式最後的一個元素是隨機的因素。人生的際遇很奇妙，或許我們在一些中學同學敘舊的聚會中可領悟到。一班同年代的同學，過了十年八年再重聚，我們不難發現，各人的際遇可以很不相同。一個本來中學時成績平平、並不起眼的同學可以在事業上扶搖直上；另一個在中學階段是才子才女的卻表現平平。或許我們會說，機會只會留給作好準備的人；雖然你作好一切準備，機會仍然可以偏偏沒有選中你，你只可以繼續努力，期待幸運之神下一站會選上你，把你提上成功的快車。

這四個帶來成功和滿足的元素，都在時間的迴廊中流轉，我們就要好好把握時機，努力去尋找自己的遠象，儘早去規劃自己的人生，並持之以恆地裝備自己。相信努力終會被幸運之神選上，我們最終獲得成功，並從自己所做的事情得到滿足。

我們尋找工作多從成功的角度入手，什麼工作能容易給我們成功的機會，往往忽略了工作是否令我們感到滿足。

COVID-19 疫情為商業世界帶來了巨大的打擊，
讓許多組織處於救命稻草之中。
常規的工作安排在一瞬間被打亂，
最終導致許多公司採取了隨之而來的劇烈變革，
同時危及某些公司的生存。

Chapter 3

後疫情時代的工作新貌

1. 後疫情時代的工作模式轉變

COVID-19疫情為商業世界帶來了巨大的打擊，讓許多組織處於救命稻草之中。常規的工作安排在一瞬間被打亂，最終導致許多公司採取了隨之而來的劇烈變革，同時危及某些公司的生存。世界各地的組織都在應對危機並創新工作模式以適應當前情況，我們可以看到疫情後的幾個工作的轉變。

混合工作空間（Hybrid Workspaces）： 員工的新常態

　　由於疫情的限制，即使是最不願意的公司也被迫實施辦公室、遠端和半遠距工作模式的結合。簡而言之，混合工作空間正在逐漸流行，我們預計這種模式將主導未來。混合工作空間賦予員工工作方式的自主權和彈性；該模型讓員工決定影響生產力的三個主要因素：何時、何地以及如何以最佳方式工作，有助於在工作和個人生活中創造平衡。顯然，就連僱主也喜歡這種意想不到的工作變革，因為不少公司表示員工個人生產力有所提升。從這些趨勢來看，混合工作空間正在變得愈來愈流行。筆者的兒子在一間訂購機票、酒店的旅遊公司作高級數據分析員，他的工作模式就是三天在家工作（work from home），兩天回公司，上司只須看到他準時提交的工作分析報告，而不少會議都是在網上進行的。

2. 新工作模式的好與壞：
彈性的工作時間與科技的使用

以科技驅動的工作空間，歡迎廣泛的資料收集。以前，當辦公室裡擠滿了員工時，僱主和管理人員只須前往員工的工作枱就可以對他們的工作發表意見，甚至進行評估。自從疫情爆發以來，僱主一直在轉向以各種技術來增強組織的運作能力。例如有一些公司使用不同工具來追蹤員工的生產力、出席率和其他數據。由於遠距和混合工作的人數迅速增長，相信這種趨勢將在未來繼續升級。因此，我們預測即使在COVID-19疫情之後，很多公司也繼續會利用技術來監控和追蹤與員工生產力相關的各種重要數據。

另外，彈性的工作時間亦愈來愈普遍。就工作而言，COVID-19可謂帶來了部分正面影響，僱員和僱主多了在相互信任和尊重的基礎上工作。沒有了辦公空間的物理界限，我們看到僱主放鬆了限制，並提倡靈活的工作時間。朝九晚五的工作時間正在慢慢消失，讓員工很高興。而透過提高靈活性，員工不僅能夠平衡工作和個人生活，還能增強心理健康並提高生

產力。許多擁有彈性工作選擇的員工感覺自己的工作效率比以往任何時候都更高。

當然，彈性和多元模式，可能會令下班界線變得模糊；我想這要看員工本身的工作能力，他若辦事效率高，上司給他的任務能超額或提早完成，他大可以自主安排自己的工作進度，這也不失為一個好的轉變。

另外，你喜歡面對面的會議嗎？Zoom和Google Meet都能滿足你開會的需要。在當前情況下，視訊會議已成為一種強大的工具，一個邀請和幾次點擊（click），就可以安坐自己的辦公室與其他人開會；你不會想在已經擠滿人的會議室裡塞一張椅子吧！虛擬會議在COVID-19後的未來工作中將繼續佔有一席之地。多用了科技，將溝通搬了上網，可能會令我們減少了一些人與人接觸（human connection）的機會，這方面，我認為上司可能要刻意在混合的工作空間的管理上，更多關注員工的合作和團隊精神方面的建立。

3. 後疫情時代的生活與工作平衡
（work life balance）

COVID-19深刻影響了我們生活的方方面面，包括我們的工作方式。許多人有機會反思自己的職業，並重新評估自己的優先事項。

愈來愈多的遠距工作和混合模式，以及新一代人正在推動對更健康的工作和生活平衡的追求，他們意識到生活中有比職業成功更重要的事情，一方面認真對待自己的職業生涯、培養技能並做出改變；但他們同時也想成為最好的自己，並在個人生活中做到這一點，而不僅僅是為了追求攀登事業上的階梯。

新一代的工作者，需要坦誠地表達自己對工作和生活之間界限的需求——尤其是對於上司，他們總是誤以為科技等於「隨時候命」的勞動力。工作者要優先考慮自我保健和與家人相處的時間，當我們在工作時間以外，確實能做到unplug及unreachable（無法聯繫）就是一個好的開始。

以下有一些實用的技巧，可以幫助你實現這種平衡。

在家工作的人必須與家庭成員公開、誠實地溝通，讓其他人知道你的工作時間和日程安排，這有助設定界限和期望，使你能夠在工作時間內專注於工作而不受干擾。如果你不斷受到家庭成員的干擾導致分心，可能會令工作時間延長和生產力下降。

持續連線聯繫已經成為現代工作文化的新常態，但在個人時間裡脫離科技並努力活在當下是很重要的。鼓勵你在私人時間關上工作的通訊設備，例如避免檢查工作相關的電子郵件或回覆與工作相關的訊息。

遠距工作可能會模糊工作和個人生活之間的界限，因此保持一致的日常生活可能極具挑戰性。你要允許自己在完成日常任務後休息，這有助你避免工作時間變得愈來愈長，或感到精疲力盡。懂得有短暫休息，伸展身體或散步，可提高我們返回工作崗位時的注意力和工作效率。此外，你亦可利用帶薪休假時間脫離工作並為自己充電。

4. 後疫情時代的工作態度

對於老闆或管理者來說，他們要改變過去對員工表現的看法，要多看員工的影響力（Impact Driven），就是將焦點由投放多少時間精力（Input）轉向有多少果效（Output or Result）。

現在的工作模式，讓管理者不再能夠隨時檢視員工正在做什麼，只能依靠員工為業務帶來的結果和影響，這也讓他們能夠真正衡量真實的生產力。這種模式讓員工有機會證明自己的價值，卻無須不斷地受到監管。作為雙方雙贏的局面，影響力驅動的工作（Impact-driven Work）將是未來的趨勢。

對於下屬來說，隨著混合工作模式成為新常態，他大可以將精力放在工作技能的認可上，而非應付無謂的辦公室政治。正如之前提到的，管理者基本上不再以了解員工在做什麼來衡量他們的工作投入度和生產力，從現在開始，由技能驅動的結果將成為焦點。事實上，目前的在家工作場景已經促使公司遵循有計劃、有組織和公正的流程，重點已轉移到推動影響的指

標。如果員工能帶來驚人的成果，那麼無論他們在自我行銷方面（Self-marketing）多麼糟糕，都可以扭轉局面。所以，對於一些內向（Introvert）的員工來說，他們可以將大部分時間和精力放在當前的工作任務上，不用花時間在太多的交際應酬上，是內向員工樂見的自由工作空間。

每一個人都有一個故事，

愛情如是，

事業如是。

Chapter 4

要讓職業屬於你，
而不是你屬於職業的 4 個堅持

1.有關職業的幾個比喻

人最高的需要是自我實現。

我們是用語言來表達我們對事物的理解。當我們談到自己的職業時，我們會用不同的比喻來描寫自己在職業上的情況。

我看過一個社工David對自己工作的剖白：「我原本是一個很有理想的人。起初我認定社工最適合自己，我很希望透過社工來服務社會。如今我做了十年的社工，每日都在處理一些低下階層的問題，包括濫藥、家暴等個案。十年來我的個案不斷增加，我服務的對象不見得透過我的工作有什麼好轉，我已失去了當初的熱誠，人工又不是十分高，晉升的機會有限，但除了社工我又可以做些什麼？家庭也要倚賴我的收入。我好像走進一個死胡同。」

在他的描述中，我們看到他是以一個旅程來看自己的職業，他起步時是滿懷理想的，但經過十年的時光，他感到自己進退兩難，旅程已走進一個死胡同。

除了旅程（journey）的比喻之外，還有幾個值得提出的比喻，包括承傳（legacy）、配對（matching）、自我的完成（self construction）和故事（story）等。

　　我們的職業跟我們的家庭背景是十分有關連的。最近看一個時事檔案式的電視節目，看到不少子承父業的行業，因為時代的變遷而衰落。例如打漁業，年輕人都上岸找工作，打漁為生的人愈來愈少。傳統的技藝工作，也可能因為找不到承繼人慢慢消失。不過，我身邊有不少子承父業的例子，如父子都是精神科醫生、母女都是教書的、兒子承繼了父親做茶葉的生意等。我們的家境和成長的經歷，一方面提供了一個追求某行業的氛圍，特別是家族生意的。縱然兒女並不喜歡某行業，也會被安排入行、上位的機會，這是職業承傳的例子。

　　視職業為工種與個人性格興趣的配合，是傳統職業輔導的理念。一方面分析某行業的工作要求，另一方面則幫求職者對自己的性格、興趣和能力作出評估，然後判斷某行業是否適合某人，作出配對的考慮。以我自己輔導的行業為例，因為工作性質要求要有耐性聆聽別人的內心世界、要助人解決大大小小的問題，一個稱職的輔導員會相對比較內向、情緒穩定、有耐

性和智商高，對人有興趣等都是個人性格上的要求。相對一個推銷員，他就要比較外向、有高的情感智商（EQ）、喜歡影響人的性格。

人本心理學家Maslow提出人最高的需要是自我實現（self-actualization），每個人看自己是一個有待發掘的寶藏，他像一個雕塑，他有潛在的特質，而職業是一個最好的場境，讓他發揮自己。所以，一個人在工作的生涯中，並不是只為兩餐的生活，他的人生是有一個召命，他要雕琢自己成為大器，為了自我實現、不枉上天給你的天分和召命。工作給予我們新的經驗，透過創作，我們可以表達自我（Self-expression）。我們也聽過：「天將降大任於斯人也，必先苦其心志、勞其筋骨、餓其體膚、空乏其身，增益其所不能。」事業的起跌只是一個歷程，為要鍛煉自己，可以作更大的事。

最後一個比喻是故事。每一個人都有一個故事，愛情如是，事業如是。兩者的開展就像一對火車軌，向前邁進。看人生是一個故事是老生常談，不過將它以輔導入手來應用，是近年的趨勢。故事的主角有他成長的背景，不同的經歷，他選取

自己的事業，不能夠單從他的性格與職業配對來理解，他選取職業是有他的故事進程。筆者在神學院教書，有不少高薪厚職的同學，自己的行業有不少成就，他卻選擇一份服務人、低薪的工作。在不了解他們的信仰和人生理想的人會大惑不解，但從個人故事的角度，他可能厭倦職場的生活，選擇另一個事業成為自己故事的框架，是容易了解的。所以筆者作為一個職業輔導員，我也採用故事的取向，幫助當事人透過認識自己故事來選擇自己故事的下一章，應怎樣寫下去。

2. 職場上的篩選與妥協

當我們正式面對職業的選擇，
才發現自己的理想與現實，
會因為自己的限制和工作世界的變化，
我們要作出相當程度的妥協。

　　尋找自己心儀的職業，有點像擇偶的過程。其實是一個篩選與妥協的過程。

　　我們先談擇偶。在我們成長的過程，我們會為自己定下擇偶的條件，例如對象的外表、性格、社會地位等標準，定這些標準有助我們篩選出一些自己不會考慮的對象。例如對一般男士來說，他不會喜歡女朋友身高高過自己，女朋友的學歷和薪酬高過他，也會感到壓力；所以在尋找對象的時候，他是不會選擇這類背景的女孩子。不過擇偶的過程是一個互動的過程，你選擇人的同時，別人也會考量你。又或者眾多的條件你都喜歡，但有某一項條件偏偏是這位對象缺乏，你也要被迫作出妥協。例如面前的女朋友在樣貌、社會地位、性格等條件都十分

適合你，但她年紀比你大，你意識到因為喜歡她的緣故，你願意作出這方面的讓步。

職業輔導的專家Linda Gottfredson觀察年輕人在擇業的時候，就出現這種篩選與妥協（Circumscription and compromise）的現象。她發現年輕人在不同的年紀有不同的篩選尺度。3-5歲小孩子開始留意成人有不同的角色，他將來也要為自己找到一個這樣的角色。6-8歲的兒童會將工作以性別分類，哪些是男人的工作，哪些是女性才能做的工作，他會視與自己性別不合的工作為不可接受的。例如傳統多視護士是女性角色的工作，男士會先考慮作醫生多於作護士。到9-13歲，少年人開始意識某行業在社會中有較高的地位和身分。例如香港的年輕人看醫生、律師、會計師為較高社會地位的行業。或許年紀小時看巴士司機為很威風的工作，到這個時候會知道司機的社會地位並不高，也會慢慢被篩選出來，不再成為自己理想的職業。14歲之後的少年人，自我意識開始建立，選擇職業多了個人興趣、性格、能力等因素作為自己擇業的考慮。

　　不過，當我們正式面對職業的選擇，才發現自己的理想與現實，會因為自己的限制和工作世界的變化，我們要作出相當程度的妥協。我還記得自己第一份工作是職業治療師，當時大部分同班的同學是想讀醫的，但礙於自己入醫科的成績未達標，只可以退而求其次。另外，職業治療師在外國大多數是女性，作為一個男性，在性別的框架上也要作出妥協。

　　或許這擇業的理論能幫助我們了解自己擇業的準則，同時也正視在擇業時需要妥協的現實。不如就試從這兩方面想想自己擇業的方向。

　　以下是一些反省問題，幫助你了解自己擇業的考慮過程。

探索篩選原則

- 描述你如何從這些選擇中作出決定。

- 你排除了哪些選項呢？為什麼？

- 你怎樣決定這個選項不適合你？

- 你什麼時候決定排除這個可能性？

- 什麼會令你不能接受一份工作？

- 你認為你的家庭背景對你正在考慮的擇業範圍有什麼影響？

- 你會標籤什麼選項為「超出你的範圍」嗎？為什麼？

- 你對擴大你正在考慮的選擇範圍做了些什麼？

探索妥協

- 你有沒有因為覺得太困難去達到而排除了一些更理想的選項？

- 你怎樣知道它太困難？

- 你可以做什麼去得到更令人滿意的角色的機會？

- 你做了些什麼去探索這選項對你來說有多切合實際？

- 如果你付出了潛在的工作滿意度，你得到什麼回報？是相同價值的嗎？

魔法銀包

> 不要陷入工作過勞的情況，以為自己有用之不盡的精力，
> 沒想過有一天自己會枯乾。

　　童話故事似乎離成年人很遠，童話故事不是只講給小孩子聽的嗎？但原來很多童話故事是隱藏著不少人生的道理，是有待我們成年人去發掘和細味的。最近看到這樣一個童話故事：

　　一對貧窮的夫婦，以斬柴為生，他們一天斬兩札柴，一札自用，另一札則賣錢養活。怎料每晚，他們其中一札柴都被人偷去。那位丈夫心有不甘，晚上便躲在其中一札柴中間。原來偷柴的竟是從天上來的神仙，這晚，他就連同一札柴被提到天上。見到天神，他就跟神仙理論，訴說自己這麼貧窮，也給偷柴；這麼辛勞，都過不到好日子。神仙動了慈心，就送他一個小小的魔法銀包，告訴他們，可以每天取一個銀幣來買他們喜歡的東西。這位柴夫自然歡喜快樂的返回家裡，告訴太太這個魔法銀包的秘密。

怎料，每天他們取出銀幣後，夫婦之間都會爭執，公說要買這，婆說要買那，總是爭持不下，他們只好將每一個銀幣儲起來。過了好一段日子，他們終於有了一個共識，他們要用這些銀幣來興建一座大屋。於是，他們繼續每天儲一個銀幣，大屋的工程一天天進行。但人的耐性總是有限，他們見差不多儲夠錢，完成最後的工程，便心想可否從魔法銀包多取幾個銀幣，他們便可以早一點達成心願。有一天，他們的耐性到了極限，便偷偷的多取一個銀幣，就這樣，他們正興建的大屋突然化成泡影不見了，魔法銀包也不再有魔法。他們只好認命，每天工作如常的幹活下去。

如果我們在成年初期，就可以讀到這個寓言就好了，我們或許不會耗盡自己的魔法銀包。

魔法銀包代表著我們心目中的無限資源，包括理想、事業、魄力、婚姻關係。我們總想測試這些銀包的上限，以為它們有用之不盡的魔力，怎料將這魔法銀包「拉得太盡」，會破壞它的魔法，那些苦心建立的東西，可以在自己眼前消失，這可能是自己的身體健康、長期被忽略的婚姻關係，又或者因耗盡而令自己的情緒墮入低谷。

　　魔法銀包的故事也警惕我們，不要陷入工作過勞的情況；以為自己有用之不盡的精力，沒想過有一天自己會枯乾／耗盡（burnout）。當這些時候來襲，我們會對過往充滿熱情的束西失去熱誠和興趣，其實這是情緒抑鬱的表徵，提醒我們要停下來，休息和重新檢視自己生活的優先次序。

　　原來知天命，知道自己的上限是我們成年人要學的功課。你的魔法銀包裡有什麼？它有沒有失去它的魔力呢？

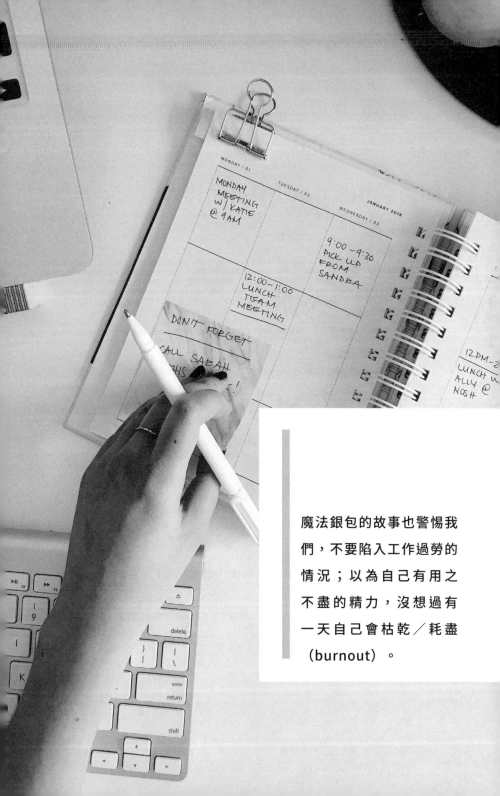

魔法銀包的故事也警惕我們，不要陷入工作過勞的情況；以為自己有用之不盡的精力，沒想過有一天自己會枯乾／耗盡（burnout）。

如何從burnout中重新得力

我的精力是否快要耗盡了？研究耗盡（Burnout）最出名的專家是Christina Maslach，她提出耗盡有三方面，包括：

(一) Emotional Exhaustion（情緒衰竭）

指一個人已缺乏情感的資源，就是一種已付出了一切，再沒有什麼可再付出的感覺。

(二) Depersonalization（非人化）

因為情感已衰竭，他唯一能面對工作的方法，就是不動情，非人化地看待受助者或客人，這種抽離反映了其對工作的憤世嫉俗的態度。

(三) Personal Accomplishment（個人成就）

耗盡的人會懷疑自己的工作能力，他們情緒的衰竭，對工作的非人化態度，也會導致他們個人成就的下降。

我們可以留意自己有沒有以上這些耗盡的徵狀。

另外，我們可能正處於容易令人耗盡的工作環境。常言道，人在江湖身不由己，縱然你是滿腔熱誠、抱著遠大的理想進入一個行業，但工作環境因素往往令人感到失望，甚至令人逐漸耗盡。

所以，近年研究耗盡的專家開始研究人與工作環境之間的配合（Maslach & Leiter, 1997），人與工作環境愈不配合，耗盡的情況就愈容易出現。他們分辨出六種工作環境因素，是很容易導致耗盡的，分別為：

1. 工作超負荷（work overload）

2. 缺乏控制（lack of control）

3. 獎賞不足（insufficient reward）

4. 缺乏群體的支援（insufficient community support）

5. 不公平的對待（absence of fairness）

6. 價值觀衝突（conflicting values）

1. 工作超負荷（work overload）

公司為了增強競爭力，透過精簡架構、裁員，在所難免，卻導致出現「兩份工一個人做」的情況。當員工工作量過重，情緒衰竭就會出現。而不少專業人士晉升至行政管理的位置，原先的專業技能再不能派上用場，這種工作崗位錯配的員工亦很容易感到乏力。

2. 缺乏控制（lack of control）

若我們能夠控制自己工作的方式、做事的優先次序、能運用的資源等，那麼工作的時候會比較暢快。但當擁有大量的工作要求（demand）卻沒有相應的權力（authority），員工就會失去工作的效能，身心感到疲乏，覺得不能發揮自己。

3. 獎賞不足（insufficient reward）

我們工作是追求內在（intrinsic）和外在（extrinsic）的報酬。內在回報來自工作本身帶來的滿足感，員工感到可以發揮所長，工作有挑戰性等。外在報酬包括薪酬、地位、聲望等。最理想當然是兩方面的回報都充足、實在。而每人看重的回報或有不同的比重，但總會有一些底線，當回報低於自己的底線，工作的動機就減低，容易出現耗盡的情況。

4. 缺乏群體的支援（insufficient community support）

一生人效力一間公司的年代過去了，隨著公司精簡架構，將不少工作外判，今日不少工作是合約為主（contract based）。既然不是一份長久的關係，人們願意投入工作間人際相處的時間和感情都相對有保留，那麼對公司的歸屬感也會降低。若需要大部分時間獨自工作，就會缺乏同事的支援。例如老師雖然能接觸大量的學生，但他卻是「獨自」進入教室，這種缺乏隊工的情況，也是老師等工種容易耗盡的原因。

5. 不公平的對待（absence of fairness）

老闆或上司在處理員工的工作量、晉升準則、報酬等，若未能做到公平和公正，這是頗影響士氣的。例如某員工的努力，卻給另一員工領功。公平是代表對員工的尊重，也肯定員工的自我價值。不公平的對待會令人感到沮喪，也增加對公司憤恨的情緒。

6. 價值觀衝突（conflicting values）

一個充滿理想、很有個人原則的員工，容易因為與公司的辦事方針有價值上的衝突而出現耗盡的情況。例如老闆要求秘書說一些白色的大話來推卻應酬、會計要造數、社工要交數

字而未能幫助他人，這些都是違背員工自己的價值取向的。另外，一個要求高的員工，公司卻因為成本而要他降低服務質素，這種種價值觀的衝突和錯配，都是令人耗盡的因素。

總括來說，要防止員工耗盡，公司的行政管理人員是有責任的。若上司能給予下層一個工作環境，當中有合理的工作量、某程度對如何處理工作員工有控制權、得到合理報酬及肯定、同事有和諧的隊工、剔除不公平的人事處理，加上公司的使命亦與員工的價值觀相符，員工就能夠減少耗盡的情況。

若我們在工作場所中未能改善公司的環境因素，而身心逐漸出現耗盡的情況，我們就要停下來，檢視是否容許自己長此下去，抑或要考慮另尋出路？

我在輔導行業工作多年，期間也有經歷過一些感到十分乏力的時候。例如進入輔導室的受導者好像怎也沒有什麼進展，所有輔導理論、技巧似乎都派不上用場，連自己主領的小組也覺得不太成功。當時我甚至懷疑自己，到底是不是選錯了行業。倘若要使自己內心的火繼續燃燒，我相信在油燈上添油是十分重要而且是必須的。我經常用以下的問題來提醒自己，好使自己不致枯乾，免得又再跌進昔日那種耗盡的光景中。

1. 我有足夠的休息嗎？

2. 我有沒有在工作以外尋找興趣和靈感？

3. 我有沒有令自己感到愜意的友情？在情感上得到足夠的支持嗎？

4. 我有沒有為自己的事業不斷進修，帶來更新？

5. 我有沒有和同業交流，從而得到新的知識和激勵？

6. 我有沒有經常獨處，將自己從繁重的工作中抽身出來，以致能看清遠象，定下合宜的期望？

7. 我在工作中的角色需要重新定位嗎？工作情況需要更新嗎？像我在輔導行業中，能不斷重燃自己的火，不住的更新自己，力量其實來自信仰上的體驗。

希望這些反思的問題，能幫助你不時調校自己，可以重新上路。

管理你的上司

上司也是一個人，跟上司相處，
與跟任何人相處的要訣一樣。

對在職人士來說，我們一天大部分的時間都用在工作上。工作做得不開心或感到壓力大，很多時並非因為工作量太重，或太多死線要去追趕，而是來自工作間的人際互動，上司和下屬的關係更不容易處理。

我想，我們絕大部分都是別人的下屬，也不時會聽到：「老闆不容易服侍」、「他／她有不少無理的要求」的抱怨，又或是投訴上司要下屬做一些私人事務等，總之當下屬的，對上司總是有彈無讚的，大多數的下屬在工作上都得不到滿足感。

上司也是一個人，跟上司相處，與跟任何人相處的要訣一樣。我們先要認識自己上司的性格、喜惡、正在面對的壓力、優先次序和工作的方式等。以下是我們因不了解他們所導致的問題。例如，下屬最常令上司不快的，是花太多時間在上司認

為不重要的事情上，也許這不是下屬的錯，而是上司對自己的需求含糊，或沒有表明他的優先次序，直到當他說要的時候就壓下來，以致我們的反應是：為何上司不早點說明時限呢？管理上司的意思，就是幫助上司清楚表達自己的需要。

上司工作的方式或取態也會因人而異，只要我們與不同上司共事過就知道了。例如典型的說法是，男上司主要重視業績或大方向；女上司則看重人際脈絡和細節。我們要投其所好。對不喜歡聽細節的上司，請不要交代太多工作的細節，他會對你感到不耐煩。

上司對不同的溝通渠道也有所偏好，有些喜歡聽你匯報；有些卻愛閱讀文件和數據；有些則樣樣都要參與；另一些卻樂得清靜，可以專心自己的任務。有人更打趣說，你要知道自己的上司是「五分鐘上司」，還是「三十分鐘上司」。對於一個「五分鐘上司」來說，你要準備充足，對答要快而準。對於一個「三十分鐘上司」來說，你要有作情理兼備的聆聽者角色，當一個上司願意與你分憂，或許你已踏上成功的路途呢！

我們常言道，人夾人緣，你的上司也有個人的偏好，他／她可能也有偏愛不同下屬的口味，你若是被偏愛的一個，這有

幸有不幸，幸運的是得到上司賞識，在很多工作上的安排你會感到順利；但不幸的是你大有可能惹來同事的妒忌和閒言閒語，只要自己不好恃寵生驕，友善和平等的對同事，日久見人心，問題最終會得到解決。若你沒有上司的寵愛，甚至上司對你有不滿的話，我想你要盡快反省，看看自己有什麼需要改進的地方，因為我們是很難為一個不喜歡你的人工作的，若評估後發覺你的上司是無理的和不公平的待你，人生苦短，換個容易相處的上司可能是上策呢！

3. 迎向人生際遇的變數

面對職業抉擇的人，須善用這些偶發事件。

有人認為傳統的職業輔導將個人的性格、能力、學歷等因素，跟職業市場找配對的做法不合時宜，原因是個人與市場是兩個不斷在轉動的目標（moving targets）。在這種流動的互動下，很容易給尋找工作的人帶來焦慮，因為不單個人在變，市場的變數更大，那些一生人打一份工的日子過去了。美國的勞動人口統計，在2002年的報告指出，36歲的年輕人，自他們16歲出來工作，平均轉工達9.6次。假若平均兩年轉一次工的走勢來說，要為自己找一份終生職業的想法，似乎是一個神話多於是事實。

年輕人找工時出現的猶疑不決，我們可能會視之為不夠成熟，其實年輕人的猶疑不決並不是他們不看重事業的計劃，他們的拖延是因為他們看這問題是十分重要。

史丹佛大學（Stanford）職業專家John Krumboltz發展一個職業的理論稱為「計劃性巧合理論」（Planned

Happenstance）。他認為人能夠達到目前所在的地位、擁有目前的能力，大多不是靠設定目標來達成，而是由於許多未曾預期的偶然與巧合，才逐漸成型，達到現在的成果。在一個不斷變化的事業市場，我們對自己的生活只有有限的控制權，事實上不少不能預測的社會因素和偶發事件會影響我們職業的選擇。Dr. Krumboltz複述他成為心理學家的過程。就在大學選科的時候，他找不到人去請教，而當時教他打網球的業餘教練原來是大學的心理學教授，當Dr. Krumboltz向他徵詢選科的意見時，這位教練就不加思索鼓勵他選擇心理學，他當心理學家完全是一個偶遇。

在John Krumboltz的職業理論的核心，強調一些不確定的社會因素和偶發事件，往往是影響一個人生命的種種決定。我們要鼓勵那些面對職業抉擇的人，善用這些偶發事件（chance event）。例如我們要有好奇心去探索不同的學習機會，要有持久力去克服一些障礙，要有相當的彈性和柔軟度去面對環境中的變數，即使已經下定決心要做某事，一旦環境與狀況有所變動，也能夠隨之改變，讓自己的行為具有變化的彈性。也懷著樂觀的態度來看待偶發事件，使之成為你最大的幫助。

我回想自己當心理輔導員也是一連串偶發事件所引發的。我中學期間有一個夢想是當醫生，所以讀的是理科和生物學，但高考的成績未及入讀醫科，所以便退而選了職業治療。當時只知它是輔助醫療，其實不知道這行業的內情。在學期間才知道要唸精神病學和心理學，這些科目引發我濃厚的興趣，在學科要求以外我讀了不少心理學相關的書，對人性和人的故事十分感興趣，這些經歷使我進深追求事業的理想，也是我畢業後再進修心理輔導的原因。我看不能入醫科是一個偶發事件，我從中找到適合自己的學習興趣和方向。本來是一個考不進醫科的挫敗經歷，卻成為我事業的轉捩點。

轉化失落了的夢想

要面對和轉化失落了的夢想，需要我們的勇氣和創意。

每個人對自己在事業上可以怎樣發展都有一個理想的藍圖。但謀事在人，成事與否就要看我們的際遇。有時候自己事業上的夢想成為泡影也是很多人共通的經歷。我們有否為自己失落的夢想哀悼一下！

失落了的夢想，因為是「沒有發生什麼」的緣故，它跟一般的哀傷有別，失業、失戀、失去親人等都是有一些具體的人、物的損失，我們可以大哭一場。但失落了的夢想，因為並沒有曾經擁有過，那損失相對不顯眼，甚至當事人會刻意收藏，不讓人知道、獨自哀愁。直至多事的人，有心或無意的提問，就將我們拋進一種莫名的空虛中。例如：「你中學時不是想成為音樂家嗎？」

要面對和轉化失落了的夢想，需要我們的勇氣和創意。筆者年輕時都有一個未能完成的夢想。

中學時就讀英皇書院，不少同學都以入香港大學醫科為夢想，我也不例外，可惜會考和高考的成績未及水平，最終是進了職業治療的行業，也算是跟醫學相關吧！但內心總有一些慨慨然的感受，甚至害怕碰上入了醫科的舊同學，當時情緒也有一段低落的時間。幸好，在修讀職業治療的過程，對心理學——精神病學有不少的興趣，畢業後也在精神病院工作了一兩年。及後，深感精神健康的重要，一個人若在崩潰前得到幫助，總比事後的治療更好，所謂「預防勝於治療」，所以便放下工作，修讀心理輔導。

因為全心投入了輔導的工作，也忘卻了起初自己要成為醫生的夢想。但後來編輯過一本書，名為《醫心者的獨白》，恍然體會到生命的有趣。誠然，當醫生夢想好像幻滅了，但它卻以另一種形態出現。醫治人的心與醫治人的身體也是一樣吧！回想自己的性格，甚至後來發現自己有「色弱」的情況，我都是比較合適當心理輔導多於當醫生。

轉化失落的夢想取決於我們有另一個同等價值，甚或意義、價值更大的夢想出現，我們就能夠輕看以前的夢想，跟它說聲再見。

　　或許夢想的失落像一道門關上了，我們經常望著這道關上了的門而輕嘆時不與我。我們沒有看到生命奇妙的地方，當上主關上一道門，祂會給你開另一道更廣闊的門，是通往我們意想不到的地方，那地方原來是我們應該尋找的目標呢！

　　山窮水盡疑無路，柳暗花明又一村。

過渡失業情緒處理

失業期間，情緒的處理最重要。

記得幾年前，失業率高企，不少中年人失業，製造不少家庭的問題。有一些男士接受不了自己失業的事實，不敢告訴家人，每天裝著返工的格局。

事實上，失業除了經濟上的打擊之外，更大的衝擊是自我形象——為何自己技不如人，被社會淘汰？特別是男性，事業的成敗可說是我們身分的肯定，失去工作，像失去自我價值。

失業期間，情緒的處理最重要。失業是一種多方面的損失，包括金錢、身分地位、自我價值、工作的生活習慣及人際網絡，都會隨著沒有工作而受損，最常出現的感受包括情緒低落、憤怒及憂慮。

情緒低落是源於以上提及的損失，不少人的反應是退縮，不敢找人傾訴。這有點可惜，因為面對情緒的低谷，別人的支持和鼓勵是十分重要的。

　　不少機構組織一些失業者增值的互助小組，因為「同是天涯淪落人」，走在一起就能發揮互助和彼此分擔的作用。

　　失業者也有憤怒的時候，覺得被社會淘汰，求職被拒的經驗也容易令人煩躁。憤怒情緒也可以指向自己的，例如會自責，問為什麼自己這樣沒用，甚至會怪責上天的安排。憤怒需要正當處理，否則會傷害身邊的人；怒氣正面處理後，可化作一種生命的動力，爭取再重投社會。

　　失業者也容易為將來憂慮，甚至影響睡眠質素。幽默感、對將來的盼望及積極的人生價值觀，都是抵擋憂慮的良藥，只要我們看逆境是短暫，並不是對自己的全盤否定，覺得自己仍然有價值。與此同時，積極評估自己的職業技能有否跟市場脫節，是否需要進修增值，知道自己過去的成就，如何有效向聘請的對象表達，求職面試的技巧也要提升。

　　工作世界都著重人際網絡，能與自己行業的朋友保持良好關係和接觸，當社會經濟好轉，我們便可以把握時機，重投工作世界的行列。失業的過渡期總會過去。

4. 職場是我們人生故事的
一個場景

> 最後就是勇敢踏上去（grow into your story），
> 將自己期盼的故事實現出來。

當我們尋找自己事業的理想時，原來自己生命的故事是相當影響我們的抉擇。因為它解決了我們一個「為何」（Why）的問題。事實上，我們個人的性格和某職業的要求都是有一定的彈性。舉例說，以我們用性格（MBTI）或Holland的職業興趣來選擇職業，我的性格是INFJ或我的職業興趣SIA是多過一個工種適合我的，我為什麼選擇A職業而捨B職業，背後的原因並不是這些客觀的測驗數據可以完全解釋的。轉過來說，同一份工作如老師這行業，它是有一個寬闊度可容納不同性格和興趣的人，都選上教書的行列。例如外向型的可以教體育課或通識課；內向性格的可以教數學、文學。這些彈性給擇業的人一個自由，並不是單從配對就可以解決為何一個人會選擇某一個行業。

　　所以，現代的職業理論強調利用一個敘事的方法，幫助人尋找自己的職業故事，或者更貼切的說法是幫助當事人了解自己有沒有一些生命的主題，想透過工作的場景來發展自己生命的故事。因為當我們向別人述說自己的故事時，我們對自己的過去有一些領會和詮釋，我們明白自己生命的意義所在，對自己的過去和生命主題的掌握，就能幫助我們計劃將來，這個故事是有它的「過去、現在和將來」的三個向度，這有助我們選擇自己未來的路向。

　　你若問敘述如何產生意義？哲學家Paul Ricoeur給我們一個詮釋：「我們生活在一個暫時性的世界裡，因此必須創造敘述，透過敘述我們才得以在持續變化的流變中找到秩序和意義，我們不只創造關於這個世界的敘述，敘述在我們構思自我與認同時也扮演了關鍵的角色，透過敘述，我們不但建構出行動與行動之間的特殊連結，也把我們和他人區分開來。」

　　事實上，每個人都有自己的生命主題（life themes），它可以是我們故事中渴望要解決的問題，我們願意付出自己的生命和時間來解決它。常見的例子如一個天生多病的小孩子，長大要做一個運動員；一個害羞的小女孩，成長後要做一個舞

台上的演員；一個貧窮出身的小伙子要成為一個富豪等。這些都是不少電影故事的主題：從軟弱到剛強；從羞怯到自信；從內藏到表達。這是不少人擇業背後的原因和推動力。

因為我們每個人的故事都是獨特的，所以他們為何選擇自己的前路也是有跡可尋的，敘事能幫助我們創建自己未來的事業路向。透過一個講述的過程，當事人更加明白自己的價值取向，自己最執著的是什麼，這給予個人人生價值的肯定，可說是擇業過程中最重要的考慮呢。所以，縱然一些人毅然放下高薪厚職來做一份低薪，甚或用不著他過去專業的新工作，在香港人功利的眼光來看，是匪夷所思的，但背後卻有他自己的一段故事。

後現代的職業輔導強調每個人都有自己獨特的故事，找一個事業新的方向，彷彿是改寫自己的故事，這是從敘事輔導模式（Narrative therapy approach）入手，應用在一個思想要轉工的人身上，很實在和具體。這方面的學者提供了一個簡單的框架給我們依循。我們試看這模式如何幫助人尋找自己事業發展的故事。

　　首先，要知道自己的需要（know what you want）。我們對將來的願景如何，願景背後反映自己一些什麼價值觀。筆者在輔導中心工作時，遇過不少從事商業的朋友，想轉投輔導的工作，他們看重人的價值，想藉輔導陪伴別人成長。

　　第二，要知道自己有什麼資源（know what you have），不論是學歷背景、人物網絡或個人氣質、技巧等，這些資源能幫助當事人達到自己的目標。

　　第三，知道自己聽到什麼聲音（know what you hear）。要做轉工的決定，身邊的人有不同的意見，有時候周圍的聲音太過嘈雜，我們應先聽自己裡面的聲音，也要學習減低或增強哪些聲音。作為基督徒，我們更需要聽的是上帝微小的聲音。

　　第四，知道什麼難阻自己（know what constrain you）。不論是過去挫敗的經驗，或別人撥的冷水，或實際的經濟和生活各方面的考慮，我們要正視這些攔阻，也看有沒有一些助力，讓我們跨越這些障礙。例如，身邊成功轉業的朋友，他們的故事或模範等。

第五，我們要將自己的願景（map your preferred story），繪畫一條路線圖，知道要達致目標的步驟。

最後就是勇敢踏上去（grow into your story），將自己期盼的故事實現出來，相信有志者事竟成，只要願意踏出第一步，找一些願意支持我們說故事的聽眾，在環境中找一些機會，人生的路就是這樣走出來。

你若正考慮轉行，不妨以這些步驟，檢視和實現自己的夢想。

對自己活著的使命愈清楚，

人生意義和價值為何，

對生活亦變得愈有熱情和盼望。

Chapter 5

職業尋夢記——真人個案分析

尋找自己心中的夢想

Peter今年三十歲左右，剛結婚幾個月，他是一名註冊建築師。當建築師好幾年，發覺跟他起初的理想差距很遠，原先認為建築師能發揮自己的創意，又能夠表現自己的個性。怎料剛剛相反，客人只要求實用和經濟效益，工作以來過著刻板的畫圖生涯。一年前他辭去工作，進修一些輔導相關的課程，他很希望知道自己是否適合轉行作輔導員，我便邀請他作職業輔導，當中包括作性格測驗（MBTI）、職業興趣測驗（Holland）、工作價值觀的評估，還有一些個人的故事和職業取向的訪問，透過這些工具和面談，我希望幫助他找到自己的夢想。你也試像我一樣，將這些評估的結果整理，讓他對前路更清晰。

以下開始是他評估的結果。

首先，我想了解Peter的家庭背景對他當上建築師的影響，我請他將自己父母的本源家庭的成員，他們所從事的行業記錄下來，看看有沒有明顯的影響。

Peter的本源家庭圖：家人的職業

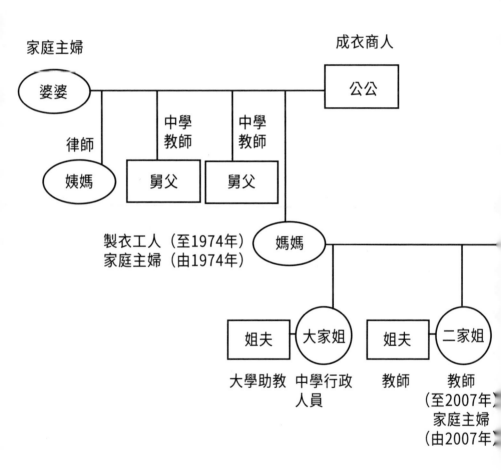

家庭主婦　　　　　　　　　　　　　　成衣商人

婆婆　　　　　　　　　　　　　　　　公公

律師　　　中學教師　　中學教師

姨媽　　　舅父　　　　舅父

製衣工人（至1974年）　媽媽
家庭主婦（由1974年）

姐夫　　大家姐　　姐夫　　二家姐

大學助教　中學行政人員　　教師　　教師（至2007年）家庭主婦（由2007年）

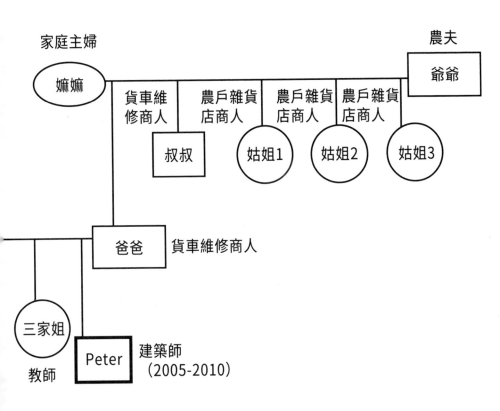

分析：

　　Peter的家庭族譜中，他三個家姐都是從事教育相關的工作，也是屬於高學歷的；這與他母親的本源家庭相近。父親的家族則多從事小生意，多學歷不高。他在家族中是唯一一個建築師，他家庭在影響他擇業上，似乎不算大。

　　Peter很希望轉行從事心理輔導的工作，從建築師轉向心理輔導是一個很大的轉變和決定，所以，我很想從他的生命故事入手，看他生命中的遭遇如何影響他今天的抉擇。我借用Dan McAdams設計的生命故事訪問（Life story Interview）作為框架，細心聽取他的故事，嘗試尋找他轉行的線索。以下是他故事的撮要。

Peter's Life Story Interview Summary

　　我是家中幼子，有三個姊姊。由於排行最小，從小就習慣讓別人為我做決定，童年時習慣一個人玩耍。由於學習成績優異，所以在功課上很獨立。

　　我成長在一個不被欣賞的家庭裡。母親是一個嚴厲的人，在我童年的記憶中從未被讚賞過，縱使我的學業成績一直名列前茅。還記得小學時期每天做功課時，她都會坐在身旁，稍一不慎就會被責打。這環境令我培養出謹慎仔細的性格，並很敏感自己和別人的感受，但同時養成懷疑、怕錯和被動的性格。這令我很容易焦慮，處事亦優柔寡斷，很多自己想表達的想法和感受都選擇藏在心裡，感覺很矛盾和難受。成長以來未被滿足的認同感，驅使我成為完美主義者，靠自己的能力證明自己的價值和獲取別人的尊重，而我在學業上成功地獲得成就感。我帶著這個別人看來「無懈可擊」的面具度過我的中學生涯。

（一）人生篇章

以夢想為主題，將我人生的三十年分作三個階段：

（A）虛假的夢（False Dream）──
　　為他人而過的生活（出生至中七畢業）：

汲汲追隨社會對成功男人的「標準」，為滿足社會的期望（亦曾經以為是自己的期望）而努力，修讀數理等學科，以工程、電腦等為將來職業的目標，在中七高考選科時選擇了建築系。進入大學時成績優異，人生一切都在掌握之中。

（B）破碎的夢（Broken Dream）──
　　你是有限的（大學至辭去建築師一職）：

人生低谷──1

在大學一年級第一份功課因著別人的意見，而多次修改設計以致完全失去自己的獨特性，後來收到老師的評語：「你是全組成績最差的。」成績一落千丈，對學業成績完全失去掌握，無論如何努力結果仍是強差人意。對老師最深刻的教導：做建築師需要很強的決斷力，而這素質正是我所缺乏的。大學五年以來的頭四年都是活在失意中，對自己的信心和價值都很低，時常鬱鬱寡歡，思想傾向負面。

人生高點

修讀碩士時享受自己選擇的論文題目，得到老師的賞識，很有滿足感，對建築學重燃希望和憧憬。在畢業後得到前老闆賞識，受聘作助理建築師，很享受工作的自由度，有機會發揮自己，對自己重拾信心。

人生低谷——2

畢業後在工作實習期間被患有鬱躁症的女同事針對，處處被挑剔找錯處，曾與之發生很激烈的衝突。每天活在不安和懷疑中，同時積壓了很多憤怒和不滿，出現抑鬱的症狀，在教會長輩的提議下約見心理輔導員，發現了自身很多成長的限制和性格的扭曲。面談經歷了大概一年多，結束時知道心裡仍有未處理好的地方，只是暫時擱置，但卻開啟了我對心理輔導的興趣，並燃起幫助同樣被情緒困擾的同路人的心志。

轉捩點

入讀神學院前一年我在一間工作壓力很大、令我日夜顛倒的設計公司，為富豪新居作設計工作。在地盤遇到很多語言暴力的傷害，見盡人性的卑劣和爾虞我詐，公司缺乏支援，每天孤身一人去開會，好像行刑一樣，焦慮和抑鬱的症狀又來襲。

經過一年的黑暗歲月，我不得不承認我的情緒和身體（失眠，心跳）已到了臨界點（我認為是burnout了），同時在工作中找不到意義，因此我決定辭職，報讀神學。

（C）追尋真我的夢（Pursuing My Dream）——回應神的召命（入讀神學院至今）

回想五年前的一次禱告服侍，牧者對我說的預言：「你的手將會醫治人，也會做教導的工作。」當時摸不著頭腦，現在卻見到神為我生命的奇妙安排。從此展開人生新一頁，立志做回自己，回應神創造我時所命定的人生。

（二）人生關鍵的場景

智慧的表現（Wisdom Events）

大學二年級覺察一名同學樣子悶悶不樂，善意問候一下時，她就崩潰地大哭起來。當時靜靜地坐在她身旁，在她情緒平復後聽她分享，之後與她分析，並鼓勵她一段時間，陪她慢慢振作起來。

同年問候一名抱病的男同學，分享當中，發現他對死亡的恐懼和生命的無常而哭起來。安慰他之後，嘗試幫他更客觀的看自己的情況，並為他祈禱。

（三）人生的下一章（Future Script）

夢想成為心理輔導員，與在成長中掙扎的生命同行；

業餘街頭紀實攝影師，舉辦攝影展和攝影研討會；

自由作家，將生活中被忽略的人事物，帶領讀者從新的角度看神在萬事中的同在和慈愛；

皮革設計師及技師：發表獨家品牌皮包和皮鞋，為客戶製造獨一無二的皮革產品。

（四）挑戰（Challenge）

一些失去

碩士一年級一名女同學，因不堪功課壓力而跳樓輕生，自此人生的意義這問題不斷在我的生命中驅使我誠實面對自己，並思考生命的價值。

驚覺對日本311大地震的影像無動於衷，回想五年前幫助人的感動和立志此刻竟失去得無影無蹤，工作的營營役役令自我也失去了。

外祖父同年三月底突然過身，提醒我人生無常，要立即回應神給我的召命。

挫敗中的磨煉和成長

在大學的學習和工作經歷令我變得更堅強，對仔細的工作多了一份忍耐，學習做決定，並訓練了對事物的整合能力。

（五）個人意識形態

人生是神與人和人與人的相遇，我可以與人分享自己的一點什麼呢？

過一個神從創世之時，已為我預備的人生和使命。

分析：

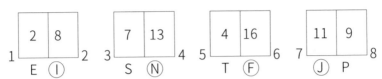

聽Peter的生命故事最深刻是他以夢想為題的講述，他從False dream，broken dream及pursuing my dream的歷程，看到他起初並沒有認清自己的性格和興趣就選了建築。

他MBTI的性格分類屬於INFJ。

而根據MBTI的研究，建築師的典型性格應該是INTP，這類人是比較靜態、喜歡思考、分析，他願意長時間埋首工作，尋找問題的解決方案。Peter的性格喜歡與人深入接觸（F）與建築師典型的T差異比較大，所以，他會感到孤單，與人少深入的情感交流。

香港青年協會 青年就業網絡
人生理「才」計劃 職業性向測試結果

Peter

項目	R	I	A	S	E	C
性格	4.625	5.625	6.375	6.375	2.875	4.75
興趣與技能	3.5	4.25	5.625	6.125	1.75	2.25
喜歡的職業	1.625	4.125	4.5	4.25	1.375	1.25
總分	**9.75**	**14**	**16.5**	**16.75**	**6**	**8.25**

A. 每組最高職業類型：
   (I) 性格：ＳＡＩ
   (II) 興趣與技能：ＳＡＩ
   (III) 最喜歡的職業：ＳＡＩ

B. Peter的職業性向類型：ＳＡＩ

Peter的Holland職業興趣是SAI。

他有創意的一面，對設計亦有興趣。不過，他原來未有認清建築師這行業需要迎合顧客的需要，少有機會發揮他的創意，只是在滿足顧客的實用要求；加上在工作過程要接觸不同的人事，令他感到困頓，後來才知道建築師並不是他的夢想行業。但他事業上帶來的情緒困擾卻巧妙的令他接觸心理輔導，他從受助的經歷挑起他對人的情緒、成長等問題產生濃厚興趣，這成為他尋找新的夢想的轉捩點。經歷過別人的幫助而產生助人的熱誠，是助人行業中很普遍的經歷。

故事中也看到他對別人的關注，朋友的自殺、日本311大地震，還有他一些成功安慰別人的經歷，都印證了他在這方面的能力和潛質。事實上，他MBTI及Holland的結果都是指向他能夠勝任心理輔導員的。

工作價值觀方面，Peter的取向：

Top 3

1. 能自由選擇生活方式：有充裕時間和假期

2. 能幫助人：感受到幫助他人的快樂

3. 聲望：受到他人的推崇和尊重

Bottom 3

1. 管理的權利：發揮督導或管理他人的能力

2. 多元化的工作：工作富有變化，不枯燥單調

3. 智性的啟發：有獨立思考及學習分析事理的能力

他理想的輔導員工作，似乎也與他的工作價值吻合。輔導員的生活比較能自主、明顯是屬於助人的工作，若你用心去幫助人，假以時日，也能有一定的聲望。至於行政管理方面是相對簡單，Peter對人有濃厚興趣，或許這能取代工作要多元化的需要。不過，助人者其實也需要不少智性的啟發，因為人的問題是相當複雜的，需要有好的分析力也是需要的。Peter在這方面要看重一點呢！

在敘事的職業輔導中，生涯風格訪談（Career Style Interview）是一個很有效的工具，幫助當事人整理自己的職業抉擇，筆者亦以這工具與Peter作訪談。以下是生涯風格訪談（Career Style Interview）的具體結構。

問題類型	典型的問題	可能的解釋
1.模範	在你成長過程中，你最敬仰的人是誰，舉出三個人？你敬仰他們什麼？你與他們的相似之處是？你與他們的不同之處是？	反映當事人的理想自我、核心生命目標及生命問題，或者也可能是解決問題的方案。
2.書、電視、雜誌、電影	你通常喜歡閱讀什麼雜誌？喜歡看什麼電視節目？你最喜歡的書和電影是？	喜歡的工作環境；探索可能的解決方案。
3.休閒	在你空閒的時間，你喜歡做什麼？你的業餘愛好是什麼？為何喜歡？	適合個人風格的環境、處理問題的方式。
4.課程	你在學校最喜歡的課程是什麼？為什麼？最不喜歡的課程是什麼？為什麼？	最喜歡的工作環境。
5.格言	你的人生格言是？或者自己創造一個座右銘。	生命故事的名稱、當事人為自己故事賦予的意義。

6.早期記憶	你最早的記憶是什麼？請講出3個10歲以前的故事。	揭示個人所面對的核心問題、隱喻當前問題的解決方案，或者個體內在的優勢。

筆者在過程中依循著Savickas（1995）以探索生命主題（life themes）為基礎的敘事諮詢五個步驟，分別為：

1. 聽取當事人的故事，故事分成兩大類：當事人核心的生活關注、與生涯未確定有關的故事，並用心聽出其中的生命主題。

2. 將此一生命主題反映給當事人，特別是與型塑當事人自我認同有關的主題，例如：家庭故事、當事人的楷模、生命中的重要事件等，讓當事人思索此一生命主題。

3. 回到當事人所呈現的生涯困境，並探索生涯困境與此一生命主題之間的關連。

4. 嘗試將生命主題延伸至未來，心理師與當事人一起探索感興趣的職業選項相關的生命主題，並產生新敘說的建構。

5. 發展並練習做決定所必須具備的技巧，擬定計劃，並協助當事人管理、實踐計劃。

Peter's Career Style Interview Summary

（1）三個模範

· 父親：有耐性；為家庭默默付出犧牲自己；顧家。

· 母親：爽快

· 前老闆：做事準備周全，才能很有效率完成工作（結合了父母親遺傳，看似矛盾的性格）；明白自己需要，堅持到底的完美要求；有決斷力，不疑惑（想學習做決定）。

分析：

人們往往會有不同的模範，有小時候的，也有現在的。這些不同的模範會反映出我們不同的期待：比如興趣、態度、能力、價值觀等。我們會把這些特質整合為一個有意義的整體。不同的模範可以來自現實，自己身邊的人，比如鄰居、老師、親戚等；也可以來自虛構，比如卡通、電影、文學作品等。

Peter的模範中，與他職業最相關的是他的前老闆，他自己是有完美的特質，但有別於他的前老闆，他欠缺的是決斷力，在他追求夢想的過程，他正正要面對自己的疑惑，對未來的憂慮，這正是他要跨越自己的挑戰。

（2）最愛的雜誌／電視節目

· 《攝影之友》：探究作品背後攝影師的創作意念和心理；

· 《U MAGAZINE》：對文化、風土人情的好奇，不同國籍人士的生活習慣、思想；尋找刺激的新事物；

· 古文明紀錄片：對古人的文化生活，思想和價值觀（例如信仰）的好奇，喜歡從奧秘中尋找線索。

分析：

喜歡的雜誌和電視暗示當事人喜歡的、適合自己的環境，喜歡的雜誌往往會顯示出我們很投入的環境。在這些有意選擇的環境中，我們會培育適合自己的興趣。很多雜誌的內容設計就是為了滿足人們的特定興趣。Peter喜歡攝影是反映他對美和創作的追求，至於《U MAGAZINE》及古文明紀錄片都反映他對人和人背後生活的興趣。

（3）最愛的書／電影

· *Man's Search of Meaning by Viktor Frankl*：有使命的人生，選擇堅守人的尊嚴和價值；

· 《作死不離三兄弟》：為追求夢想勇敢地作抉擇，抗衡現實世界的期望和要求；

· 《舒特拉的名單》：出於愛和公義，甘願冒險伸出援手；

· 《阿甘正傳》：相信自己，順應自己本性而行；樂觀積極面對充滿未知但精彩的人生；學習放手，享受神的安排。

分析：

人們喜歡的書往往反映出當事人自己的困境。最喜歡的書會暗示出我們對於書中角色的認同，因為書中的角色成功的應對似乎是不可能戰勝的困境，在戰勝困難的過程中展現出的理想自我，很接近當事人所崇拜的模範。討論當事人所喜愛的書中角色，也許會使當事人第一次清晰地看到自己核心的生命問題，同時可以讓當事人看到自己身上解決問題的力量；討論喜

愛的電影往往也具有同樣的意義。關於最喜歡的電影和書，還可以用下面的問題進一步深化思考：

「這本書（這部電影）是關於什麼的？」

「書中（電影中）哪個角色你最喜歡？」

「你喜歡這個角色的哪些性格特點？」

「你與這個角色的相似點是什麼？不同的地方是什麼？」

從Peter選擇的書和電影中，我看到他對生命意義的追求，他希望自己可以抗衡現實世界的期望和要求，例如做建築師的薪酬和社會地位。對於《作死不離三兄弟》，他最深刻是那為追求攝影夢想的年輕人，勇敢地作抉擇，向父親真情表達的一段，或許這也是他的掙扎和可仿效的對象。他也想像阿甘一樣，順性而行。

（4）興趣

· 閱讀心理、成長、屬靈書籍：回應心中的疑惑和個人當時的需要；

· 做皮具：化腐朽為神奇，創造獨一無二的設計，集中於重複工序的過程可以安靜下來；

- 攝影：表達自己的觀點與角度的工具，有高的藝術性，是容許個人思考、獨處的時機；

- 親親人自然：欣賞神美妙的創造，明白原理背後又有獨特個性，令人安靜。

分析：

當人們在工餘時間，感到自由自在，不受工作與生活角色限制的時候，他們會做什麼呢？透過一個人的休閒與業餘愛好可以了解他的興趣。在聽取關於休閒活動和業餘愛好的表述時，我們要特別注意當事人在這些活動中扮演的角色：是傾聽者、學習者、競爭者、觀察者？識別出這些角色，可以幫助我們了解當事人與環境互動的方式，以及是什麼激勵他參與這些活動。

Peter的興趣跟他做Holland職業興趣的結果相若，他是SAI，閱讀心理、成長的書反映他對他人和認識自己的興趣。另外，做皮具、攝影都是他藝術和創意的表達。他對美和創意有如此愛好，若在工作上能同時發揮出這方面的興趣就更佳。

（5） 座右銘

· 「做有意義的事」

分析：

　　最喜歡的格言是我們賦予生存的意義，這些格言往往代表了我們人生故事的名稱。格言提醒我們過一個自己滿意的生活需要做的事情。對Peter來說，尋找一些有意義的工作是他生命的主題，或許也反映他對現在工作的缺乏意義的呼喊。

（6） 中學最喜愛／厭惡的科目

最喜愛的科目

· 中／英文：老師讚賞，有滿足感；文字鋪排樂在其中，很有藝術性

· 地理：喜愛風土人情

· 歷史：對古人的生活習慣和思想有興趣

最厭惡的科目

· 數學：限制性大，很多規矩

· 體育：足球／籃球粗野，危險性大，競爭性大

分析：

當事人在學校最喜歡的科目，可以幫助我們了解他的滿意經驗與成功的學業成績。學校的科目，就像職業一樣，有著不同的要求，不論是中學還是大學的教室，是將來工作環境的縮影。每個課程都提供了不同的環境、不同的任務。這些最初的學習環境幫助當事人探索和思考他最初的興趣、技能和工作習慣。從這些早期經驗，當事人可以了解到他們的天賦以及如何去發展這些天賦。同時，他們也學到了哪些不是他們所擅長和感興趣的。

因此，通過他們與不同的科目和教學環境互動，當事人開始區分自我概念中興趣、能力的不同部分。反思這些經驗，可以幫助當事人了解他們喜歡的工作環境與工作任務。當然，從另一個角度來看，通過這個活動，我們也可以識別哪些是當事人在考慮職業選擇時，可能會排斥和避免的工作環境和任務。

Peter中學時是選了理科，但這並不是他真正的興趣，只是受社會文化的影響，認為男孩子唸理科比較聰明；原來他的天分卻是在人文科學和文字的表達上，他喜歡的科目跟他喜歡的雜誌相近。

（7）三至六歲深刻的記憶

· 從幼稚園起長期在母親的監視下做功課，一有差錯便被責打，自此很怕錯，很多疑惑；

· 小一得到全級最多的獎項，被老師讚賞，視學業為可控制並得到滿足感的途徑；

· 小一數學科考試因不懂答題而歇斯底里地哭，自省後學習應用自己想出來保持輕鬆的方法，在下一次考試回復水準。

分析：

　　早期記憶指的是當事人所陳述的，10歲以前的一些特定事件。聚焦於這些記憶的緣故，在於這段時間正是個人定義這個世界是什麼，以及自己如何適應於這個世界的階段。在回答這個問題的時候，重要的是讓當事人描述這個階段的特定事件，而不是關於童年以及家庭的概括描述。這些早期記憶反映出個體如何看待自己，以及如何看待世界。因此，這些記憶有助於了解當事人核心的興趣以及努力的目標。這些記憶不僅是行為、動機的原因，更重要的是反映了當事人當下的生命情景與困擾。

　　Peter童年的事件都是跟學習有關的，他受母親的嚴厲影響，對自己的疑惑是從母親管教的方式而來的。不過，他也從努力讀書得到好成績而來的讚賞，是他肯定自我價值的來源。所以當成績退步他就落入歇斯底里的無助當中，事實上，日後工作上的不順利也將他掉進情緒的幽谷裡，童年一個自助的經歷，日後接受輔導的經歷，都給予Peter想去助人的理想。

我對Peter的擇業分析的總結

從他的性格測驗結果看來，他內向、直覺和遠象的視點，看重價值和人的相遇，及作事有一定的條理，INFJ是十分適合作輔導員的。他的職業興趣屬於SAI，用O*NET去搜索，婚姻家庭治療師是在這組合內，而他A的興趣在攝影和皮具的工藝中得到滿足。從他生命故事的分享中，發現他對人的故事十分感興趣，自己也曾跌進情緒的幽谷，得到輔導員的幫助，因此多看了一些心理、成長的書，這些經歷使他對助人產生濃厚的興趣。從他愛看的電影中，那些電影中的主角都是努力去尋找人生的夢想，他也願意放下高薪厚職去追尋夢想。而新婚的他，太太亦鼓勵他，支持他去尋夢。種種的指標，都是指向繼續報讀輔導課程的方向。他唯一的疑慮是擔心自己因為上一份的工作壓力太大而離職，只是對那份工作的逃避。我向他指出，我們人生有不少負面經驗的出現，是給我們離開自己安舒區的推力，否則我們便會留下，不想冒險了。

職涯輔導後感——Peter

接受職涯輔導的時候正為懸而未決的轉行問題而煩惱，心裡有很多疑惑和不安。透過這次為期三節的訪問，我回顧過往帶領我走到這地步的片段，將之重組和整理，漸漸得出一個紋理來。

強項vs弱點，前瞻vs回溯

以往只在意發掘自己的弱點，努力想辦法去克服和跨越。當發覺不足之處愈來愈多，自己卻有心無力時，一份恐怖的無助感覆蓋著我，除了自信心受到打擊，對前景也看得很灰。這個追求成長的方式對我似乎弊多於利。

這次訪問針對探討自己的興趣和強項，令我重新認真看看自己美麗的一面。得知MBTI心理測驗的結果與自己心儀的職業完全吻合時令我很受鼓舞，對於自己這人到三十的冒險抉擇感到很大的共鳴，彷彿神給了我很明確的肯定，亦明白與過往

職業格格不入的原因。訪問過程亦令人興奮，探討的大都是正面的東西和發展的可能性。還記得接受訪問的那段時間，我比以前更喜歡自己，性情開朗了，對自己也增加了信心，待人接物比以往更主動，不再太介懷別人對我的看法。

每個人受造都奇妙和獨特，我經歷到神創造我時所下的評語：「甚好」。與其痛苦地單單回溯自己的陰暗面，為前路寸步難行而傷心，何不多花時間精力發展恩賜，享受當中豐碩的成果和滿足感？正如小孩跌跌碰碰學走路，拋低過往陰霾的制肘，從錯誤中學習，向著目標踏出充滿盼望的一步，回顧過去的挫折，原來只像一縷輕煙。

勇氣說夢話

輔導過程鼓勵我向前看，按自己的興趣和才幹選自己的路。談及自己的夢想時，我感到有點困難，甚至有點不好意思和罪疚感。原來社會對成功和快樂人生的單一價值觀竟把我推到一個「理所當然」的思想模式。有勇氣說出神安放在心裡的抱負，在逆流當中排除萬難，活出造物主原本創造的真我，不單是對自己生命負責，更是對賜生命的主負責。

When Dream Comes True…

　　對自己活著的使命愈清楚，人生意義和價值為何，對生活亦變得愈有熱情和盼望。以往充滿變數，令人不安的未來，現在我視之為多姿多采的驚險之旅。為了實現夢想，回應心底輕聲的呼喚，我選擇了踏出第一步。試過走過（甚至失敗過），才不辜負造物主對我的厚望。

I FEEL
LIKE
makin'
Dreams
come
True

有勇氣說出神安放在心裡
的抱負，在逆流當中排除
萬難，活出造物主原本創
造的真我，不單是對自己
生命負責，更是對賜生命
的主負責。

總結：成功的秘訣GRIT

成就有賴堅毅力

有一些人想，若果我聰明一點，IQ高一點，我就可以在自己的事業上成功。當我們聽到一些偉大的科學家如愛迪生、音樂家如莫札特、文學家莎士比亞，我們都是想起他們天才橫溢，天資比一般人好。但心理學家的研究告訴我們，真正的天才是IQ加上堅毅力（Grit）。

正向心理學家Martin Seligman對成功有一條方程式：能力＋努力＝成就（Skill+Effort=Achievement）。他認為一個人能有好的成就是建基於四個因素：

速度（Speed）

我們對某一樣事情能否很快就取得相關的資訊和技術上的掌握，我想有相當的程度是與你的興趣和才幹有關。例如，不少人都有夢想成為音樂家的經歷，但我們對音樂的天分真是有很大的差別，有人可以一兩年就可以考得鋼琴的八級試，天分不高的則要花上七、八年。所以找到自己的強項並在事業上發展是相當重要的，做手到拿來的事總比螞蟻爬樹有利。

全神貫注（Mindfulness）

我們不單止能快，也可以慢。我們慢下來，全神貫注在某項任務時，我們才有空間叫喚自己過去的經驗、計劃、審查和檢討，並達致創意的去改善做事的方法、策略，甚或可以有創新的可能。透過慢行、慢食和自我察覺的練習，我們可以掌握這種既全情投入又能退一步反思的能力。

學習能力（Rate of learning）

在資訊科技不斷進步的年代，終身學習在職場上是必要的，我們的學位只是某個行業的入場券，入場後才是學習的開始，你學習的速度快，就能捷足先登。舉自己在輔導界的寫作為例。我很喜歡看書和研究，每有一個新的課題，我都會孜孜不倦的將相關知識吸收、消化。因為速度快的緣故，往往能在別人未察覺的時候，我已經首先出版了這方面的書籍，算是搶佔了市場上的位置；例如《快樂軌跡》可謂香港最早以正向心理學談快樂的書呢！

努力（Effort）

努力是你花在某工作任務上的時間（Time on task），著名現象研究作家Malcolm Gladwell在《眨眼：不加思考

的思考的力量》（*Blink：The Power of Thinking without Thinking*）一書中，就舉出一個故事：一群博物館專家花了十四個月，仔細研究一件大理石雕像，要找出究竟雕像是否公元前六世紀的出土文物。專家們用了種種科學鑑證，證實了雕像非贗品，決定花巨資購買。在展出雕像期間，一位藝術史專家、兩位藝術博物館主任和一位考古學專家，只把雕像看了一眼，便憑他們的「適應性無意識能力」，說出雕像並非真品，十四個月的精密研究給兩秒鐘的觀察比了下去，後來證實雕像確是贗品。原因很簡單，要在某行業有成就，你最少要在那專業上努力上十年、廿年，這些鍥而不捨的追求和努力，是幫助你可以在眨眼間，像是不加思考的去解決工作上的疑難。

心理學家Dr. Duckworth研究了才華在堅毅中扮演的角色。她的研究顯示，區別出不同領域星級表現者的條件不一定是才華，而是對野心和目標異常的投入。她總結說：其實「如果能力中庸的人面對更大的挑戰，堅毅的重要性只會更大，不會更小。」記錄在電影《追夢赤子心》（Rudy，1993）中Daniel Ruettiger的故事，便是關於堅毅的經典傳說。Daniel Ruettiger（花名Rudy）是劇中的男主角，在八、九歲的年紀時，就立志希望能成為聖母大學美式足球校隊的一員，但是在長大後，他依然沒有任何條件可以進入這所名校，因為他不是

有錢人家的孩子，沒有很好的學業成績，更沒有一位美式足球員的壯碩體格。包括他的父親、兄長都不看好他，青梅竹馬的女友也離他而去，但夢想就是夢想，你無須在意別人的眼光，你無須向別人證明，你只須忠實的面對自己內心的聲音，那種旋律會引發你內在的潛能。因為他不曾放棄，依然堅持自己的夢想，最後他真的如願進入聖母大學，後來更成為美式足球隊的一員。

Rudy沒有很好的身材，和其他的球員站在一起，只能到別人的肩膀，但是他拚戰的精神和認真練習的態度，也鞭策著其他隊員。他變成了一種典範，他的努力創造了他自己生命的奇蹟。他成功，不因為卓越的才華、手腕或詭計，而是純粹長期對目標的執著追求。他的故事動人的原因，正正是他缺乏那個對他而言過於遠大的夢想所需的才華。

你能否在自己行業內成功呢？能否創一番事業？完成從天上而來召喚你為這個世界所發的夢？就要看你有沒有堅毅力。

以下是Dr. Duckworth設計的堅毅力問卷，若你所得的分數不高，又想成功的話，你就要為自己定下要努力的目標，有定力的花時間在這些目標和學習上，當你付上足夠的時間，成就必然在前面等候你。

堅毅力問卷

說明：請回答以下17項。坦誠填寫，沒有正確或錯誤答案。

1.我要做到世界上最好。

　　□　非常像我

　　□　很像我

　　□　有點像我

　　□　不太像我

　　□　完全不像我

2.我已經克服了挫折，征服一個重要挑戰。

　　□　非常像我

　　□　很像我

　　□　有點像我

　　□　不太像我

　　□　完全不像我

3.新的思路和項目，有時會使我分散了以往的關注。

　　□　非常像我

　　□　很像我

　　□　有點像我

　　□　不太像我

　　□　完全不像我

4.我雄心勃勃。

　　□　非常像我

　　□　很像我

　　□　有點像我

　　□　不太像我

□　完全不像我

5.我的興趣每年也在改變。
　　□　非常像我
　　□　很像我
　　□　有點像我
　　□　不太像我
　　□　完全不像我

6.挫折沒有打擊我。
　　□　非常像我
　　□　很像我
　　□　有點像我
　　□　不太像我
　　□　完全不像我

7.我曾經短時間痴迷於某個想法或項目，但後來失去了興趣。
　　□　非常像我
　　□　很像我
　　□　有點像我
　　□　不太像我
　　□　完全不像我

8.我是一個勤奮的員工。
　　□　非常像我
　　□　很像我
　　□　有點像我
　　□　不太像我
　　□　完全不像我

9.我常常設定一個目標，但後來選擇了追求另一個不同的。
- ☐ 非常像我
- ☐ 很像我
- ☐ 有點像我
- ☐ 不太像我
- ☐ 完全不像我

10.對於一些需要幾個月才完成的項目，我感到有困難去維持我的集中力。
- ☐ 非常像我
- ☐ 很像我
- ☐ 有點像我
- ☐ 不太像我
- ☐ 完全不像我

11.我會完成任何一件我開始了做的事。
- ☐ 非常像我
- ☐ 很像我
- ☐ 有點像我
- ☐ 不太像我
- ☐ 完全不像我

12.實現持久而重要的事，是人生最高的目標。
- ☐ 非常像我
- ☐ 很像我
- ☐ 有點像我
- ☐ 不太像我
- ☐ 完全不像我

13.我認為「成就」被高估了。

　　□　非常像我

　　□　很像我

　　□　有點像我

　　□　不太像我

　　□　完全不像我

14.我實現過一個需要多年努力的目標。

　　□　非常像我

　　□　很像我

　　□　有點像我

　　□　不太像我

　　□　完全不像我

15.我被成功推動。

　　□　非常像我

　　□　很像我

　　□　有點像我

　　□　不太像我

　　□　完全不像我

16.我每隔幾個月就會對新的追求感興趣。

　　□　非常像我

　　□　很像我

　　□　有點像我

　　□　不太像我

　　□　完全不像我

17.我很勤奮。

　　□　非常像我

　　□　很像我

　　□　有點像我

　　□　不太像我

　　□　完全不像我

計分方法

問題1、2、4、6、8、11、12、14、15和17，分數如下：

5　非常像我

4　很像我

3　有點像我

2　不太像我

1　完全不像我

問題3、5、7、9、10、13和16，分數如下：

1　非常像我

2　很像我

3　有點像我

4　不太像我

5　完全不像我

　　堅毅力以項目2、3、5、6、7、8、9、10、11、14、16和17的平均得分計算。

　　興趣的一致性量表以項目3、5、7、9、10和16的平均得分計算。

堅持不懈的努力量表以項目2、6、8、11、14和17的平均得分計算。

簡要的評分以項目3、6、7、8、9、10、11和17日的平均得分計算。

野心由項目1、4、12、13和15的平均得分計算。

問卷相關文獻：

Duckworth, A.L, & Quinn, P.D. (2009). Development and validation of the Short Grit Scale (Grit-S). Journal of Personality Assessment, 91, 166-174.

Duckworth, A.L., Peterson, C., Matthews, M.D., & Kelly, D.R. (2007). Grit: Perseverance and passion for long-term goals. Journal of Personality and Social Psychology, 9, 1087-1101.

是我們人生每一個經歷都有它的意義，不少人做這習作的發現，
一些當時覺得是負面的經歷，原來是愈能帶給我們深刻成長的反省和學習。
我們人生下一章怎樣寫下去，是建基於每一個之前的經歷。

Appendix

Appendix 1　(MBTI) Keirsey Temperament Sorter II／了解你的個人風格

請在答案紙（P.226）上以✓選擇較適合你的答案：

1.當電話響起時你會：
(a) 馬上趕著接聽 　　　　　　(b) 等別人先接聽

2.你傾向：
(a) 觀察多於內省 　　　　　　(b) 內省多於觀察

3.你認為哪一種處事方式較差勁：
(a) 天馬行空 　　　　　　　　(b) 墨守成規

4.你對待人通常：
(a) 直率多於婉轉 　　　　　　(b) 婉轉多於直率

5.你比較容易作出：
(a) 邏輯性的判斷　　　　　　　(b) 道德性的判斷

6.辦公室若太凌亂，你通常會：
(a) 忍不住要先收拾妥當　　　　(b) 處之泰然

7.你習慣處事：
(a) 當機立斷　　　　　　　　　(b) 深思熟慮

8.排隊過程中，你通常會：
(a) 與身邊的陌生人攀談　　　　(b) 靜心等候

9.你比較：
(a) 重實際多於夢想　　　　　　(b) 重夢想多於實際

10.你對事情的哪方面較有興趣：
(a) 實際情況　　　　　　　　　(b) 發展空間

11.你較傾向根據什麼作決定：
(a) 數據　　　　　　　　　　　(b) 意向

12.你對人的品評多屬：
(a) 客觀理性　　　　　　　　　(b) 友善親切

13.你與人作協議大多會：
(a) 公事公辦、手續分明　　　　　(b) 依賴口頭承諾

14.什麼叫你更有滿足感：
(a) 事情的成果　　　　　　　　　(b) 事情的過程

15.在社交場合中，你習慣：
(a) 與多人交談，包括陌生人　　　(b) 只與少數熟悉的朋友交談

16.你比較：
(a) 重現實多於推測　　　　　　　(b) 重推測多於現實

17.你喜歡怎樣的作者：
(a) 平鋪直敘　　　　　　　　　　(b) 多用比喻和暗示

18.你較喜歡：
(a) 思路清晰　　　　　　　　　　(b) 和諧關係

19.如果你必須表達不同意見，你大多會：
(a) 直截了當　　　　　　　　　　(b) 溫和婉轉

20.日常工作的細節上，你希望有：
(a) 嚴謹的規律　　　　　　　　　(b) 寬鬆的彈性

21. 你較喜歡：
(a) 斬釘截鐵的表達　　　　　　(b) 婉轉留有餘地的表達

22. 與陌生人交談會令你：
(a) 精神振奮　　　　　　　　　(b) 精疲力竭

23. 事實：
(a) 勝於雄辯　　　　　　　　　(b) 隱含原則

24. 夢想或理論型的人會令你覺得：
(a) 有點厭煩　　　　　　　　　(b) 有吸引力

25. 身處激烈爭論中，你通常會：
(a) 堅持己見　　　　　　　　　(b) 尋求共識

26. 你較注重：
(a) 公平　　　　　　　　　　　(b) 憐憫

27. 你在工作上比較傾向：
(a) 指出錯處　　　　　　　　　(b) 取悅他人

28. 你什麼時候覺得較輕鬆：
(a) 作決定之前　　　　　　　　(a) 作決定之後

29.你較傾向於：
(a) 心直口快　　　　　　　　(b) 耐心聆聽

30.常識（common sense）：
(a) 通常有其道理　　　　　　(b) 通常並不可靠

31.兒童通常：
(a) 不夠用功　　　　　　　　(b) 不夠想像力

32.管理下屬的態度，你較傾向於：
(a) 堅定不妥協　　　　　　　(b) 寬容體恤

33.你通常比較：
(a) 理智冷靜　　　　　　　　(b) 熱誠親切

34.你處事較傾向：
(a) 實事求是　　　　　　　　(b) 探索開墾

35.多數情況下，你比較傾向：
(a) 著意多於隨意　　　　　　(b) 隨意多於著意

36.你認為自己是：
(a) 外向的　　　　　　　　　(b) 內向的

37.你屬於哪種人：
(a) 講求實際　　　　　　　　(b) 想像豐富

38.你的表達方式：
(a) 較重細節　　　　　　　　(b) 較重概要

39.你覺得哪一句較似是讚美的說話：
(a)「這人非常理性！」　　　(b)「這人非常感性！」

40.你較多受哪樣主導：
(a) 思想　　　　　　　　　　(b) 情緒

41.當完成一件工作後，你喜歡：
(a) 歸納總結　　　　　　　　(b) 轉新任務

42.工作上你寧願：
(a) 按時完成　　　　　　　　(b) 從容不迫

43.你為人較：
(a) 健談　　　　　　　　　　(b) 沉默

44.從別人的說話中，你較傾向接收：
(a) 字面的含意　　　　　　　(b) 隱藏的含意

45.你通常留意：
(a) 當前的事物　　　　　　　　(b) 想像中的事物

46.你認為哪樣較差勁：
(a) 怯懦　　　　　　　　　　　(b) 頑固

47.面對逆境時，你有時會：
(a) 過分心硬　　　　　　　　　(b) 過分心軟

48.作抉擇時，你會：
(a) 相當小心　　　　　　　　　(b) 較憑衝動

49.你通常傾向：
(a) 匆忙多於從容　　　　　　　(b) 從容多於匆忙

50.工作中你比較：
(a) 與同事打成一片　　　　　　(b) 獨來獨往

51.你比較相信自己的：
(a) 經驗　　　　　　　　　　　(b) 構思

52.你較多有哪一種感覺：
(a) 踏實感　　　　　　　　　　(b) 疏離感

53.你認為自己是個：

(a) 固執的人 (b) 心軟的人

54.你較欣賞自己哪一方面：

(a) 合情合理 (b) 滿腔熱誠

55.你通常希望事情：

(a) 井井有條 (b) 保留彈性

56.你覺得自己屬：

(a) 嚴謹果斷 (b) 寬大隨和

57.你認為自己是：

(a) 好的交談者 (b) 好的聆聽者

58.你欣賞自己：

(a) 實事求是 (b) 想像豐富

59.你比較注重：

(a) 基本原則 (b) 執行細節

60.你認為哪樣更差勁：

(a) 過分同情 (b) 過分冷靜

61.你較易受什麼影響：
(a) 確實證據　　　　　　　　(b) 感人呼籲

62.什麼情況令你更舒暢：
(a) 將事情推向完結　　　　　(b) 保持選擇的權利

63.你寧願事情：
(a) 有條不紊　　　　　　　　(b) 聽其自然

64.你傾向：
(a) 平易近人　　　　　　　　(b) 含蓄保守

65.你喜歡怎樣的故事：
(a) 動作和歷險　　　　　　　(b) 幻想和英雄

66.什麼對你來說較容易：
(a) 推動別人　　　　　　　　(b) 與別人認同

67.你希望自己多些：
(a) 意志力　　　　　　　　　(b) 情感智能

68.你自覺屬於：
(a) 面皮較厚的　　　　　　　(b) 面皮較薄的

69.你傾向先留意：

(a) 混亂 (b) 轉機

70.你比較：

(a) 保守多於創新 (b) 創新多於保守

(Keirsey Temperament Sorter II)／答案紙

請每題以✓選出答案a或b：

	a	b		a	b		a	b		a	b		a	b		a	b		a	b
1			2			3			4			5			6			7		
8			9			10			11			12			13			14		
15			16			17			18			19			20			21		
22			23			24			25			26			27			28		
29			30			31			32			33			34			35		
36			37			38			39			40			41			42		
43			44			45			46			47			48			49		
50			51			52			53			54			55			56		
57			58			59			60			61			62			63		
64			65			66			67			68			69			70		

1 | | | 2   3 | | | 4   3 | | | 4   5 | | | 6   5 | | | 6   7 | | | 8   7 | | | 8

→

———

1 | | | 2   3 | | | 4   5 | | | 6   7 | | | 8

E I   S N   T F   J P

將分數加起來，圈出一對組合中較大數值的英文字母，最後組成四個英文字母的性格組合，如INFJ or ESTP等共16個可能的性格組合。

Appendix 2　MBTI 16 個性格的職業指引

ENFJ

（外向、直覺、感性、判斷）

公共關係專家

作為ENFJ型人，職業滿意度意味著做的工作：

1. 讓我與同事、客戶建立及維持親密和互助的人際關係。

2. 讓我對項目的問題提出有創意的解決方法，同時我的努力能為別人帶來益處。

3. 在一個有清晰的期望，付出得到欣賞，鼓勵個人及專業上有成長及發展的環境下工作。

4. 讓我成為一群我信任而且富創意的人的一分子，而且是充實及有生產力的。

5. 讓我有時間去構想有創意的解決方法，而且向一些支持及關心我的人分享。

6. 我的工作環境是有活力而且富挑戰性的，亦能讓我同時兼顧多個項目。

7. 讓我能發揮組織及決策力，而且對自己的項目有控制權及責任。

8. 給予我有不同的工作，但容讓能夠在一個相對有序及有計劃的方式下進行。

9. 我的工作環境沒有人際上的衝突，而且是輕鬆的。

10. 讓我能夠接觸新的意念，讓我去探究一些新的方向，更能改善別人的生活。

與工作相關的強項	與工作相關的弱點
· 優秀的溝通和表達能力 · 魅力領導和建立共識的能力 · 積極和有能力爭取與他人合作 · 決策及組織能力 · 渴望跳出固有的框框，並考慮新的可能性 · 有同情心和有能力看見別人的需要；作一個真正關心人的人 · 有不同的興趣，而且學習很快	· 不願意做一些與你的價值觀有衝突的項目 · 傾向於理想化別人和關係 · 有困難在競爭或充滿張力的環境中工作 · 會因架構，效率低及不合作的人而不耐煩 · 避免衝突，有忽略不快的傾向

·能夠看到大局，以及行動和理念的含義 ·推動生產力，並達到自己的目標 ·對你真正深信的工作有堅定的承諾	·傾向太快在未收集足夠的資料前作決定 ·不願懲罰下屬 ·傾向於仕焦急時犯錯 ·傾向於微觀管理，強於控制

適合ENFJ型人的職業

信息傳播	教育／服務業
作家／記者	教師：藝術／戲劇／英語
政治家	大學教授：人文科學
招聘人員	訓導主任
廣告業務經理	圖書館管理員
網業編輯	社會工作者
	特殊教育老師
商業	指揮家
經理	社會學家
人力資源	慈善機構顧問
銷售代表	
銷售主任	
人事招聘人員	

諮詢服務

心理學家

教師

調解人

翻譯人員

教育心理學家

醫療保健

營養學家

職業治療師

按摩師

矯形治療師

交通管理員

技術

技術顧問

項目經理

教練

人力資源招聘人員

合同經理

ENFP

(外向、直覺、感性、感知)

任何事都可能

作為ENFP型人，職業滿意度意味著做的工作：

1. 讓我與不同的人合作不同的項目，被創意的意見激勵。

2. 讓我創造新的主意、產品、服務或解決方法去幫助別人，享受看到項目成真。

3. 有趣味、挑戰性及經常改變。

4. 很少要求我去處理一些系統或項目需要跟進經過、日常細節或維修。

5. 讓我在自己的節奏和計劃下工作，而且讓我在沒什麼的規則下，有自由去自發工作。

6. 讓我去結交新的人，學習新的技能，持續地讓我滿足我的好奇心。

7. 與我的個人信念和價值觀一致，讓我創造對人有益處的機會。

8. 我的工作環境是友好及輕鬆的，而且有幽默、信譽，並有很少人際關係上的衝突。

9. 讓我有自由去跟隨自己的靈感，參加刺激和有趣的冒險。

10. 我的工作環境欣賞並獎勵熱忱、創造力和想像力。

與工作相關的強項	與工作相關的弱點
·渴望跳出固有的框框，並考慮新的可能性 ·有冒險、嘗試新事物及克服障礙的勇氣 ·廣泛的興趣和能力，快速學習讓你感興趣的東西 ·用天生的求知欲和技能去獲得需要的信息 ·能夠看到大局，以及行動和理念的含義 ·良好的溝通技巧和有能力去喚起對方的熱忱 ·適應性強，可快速改變方法和方向 ·對人的洞察力，理解他人的需要和推動力	·對定立優先次序和決策感到困難 ·對於沒有創意的人感到不耐煩 ·不願意去以傳統或常規的方法做事 ·對重要的細節缺乏紀律 ·傾向變得沉悶或突發奇想，尤其是在創作過程之後 ·不喜歡做重複的工作 ·不耐煩與系統或過於嚴格的人工作 ·傾向專注於什麼是可能的，而不是什麼是可行 ·傾向於缺乏組織

適合ENFP型人的職業

信息傳播	創業／商業
記者	顧問
音樂家／作曲家	餐館
室內設計	商品策劃
藝術家	人員招聘
多媒體製作	企業家
技術	**市場營銷／策劃**
技術顧問	公共關係專家
項目經理	營銷顧問
教練	廣告客戶經理
人力資源招聘人員	策略規劃師
合同經理	助理研究員
教育／諮詢服務	**醫療保健／社會服務**
特殊教育教師	營養師
幼兒教育教師	城市區域規劃師
教育心理學家	按摩師
社會科學家	物理治療師
職業顧問	法律調解

ENTJ

(外向、直覺、思考、判斷)

一切順利──因為我一手掌握

作為ENTJ型人,職業滿意度意味著做的工作:

1. 讓我領導、控制、組織及做好操作系統,使其有效運行,並達到其預期目標。

2. 參與遠程的策略規劃,有創意地解決問題,並以創新和有邏輯的方法去面對不同的問題。

3. 在一個組織良好的環境下工作,我和其他人也有一套明確的工作指導方針。

4. 挑戰和刺激我的求知欲,讓我有複雜的工作及難以解決的問題。

5. 給我機會結交有能力的、有趣的、有權勢的人及與他們交往。

6. 給我有升職的機會,讓我提升及證明我的能力。

7. 有刺激性、挑戰性和富競爭性的;我是公眾注意的焦點,同時我的成就要很得見、被認同,及得到一定的回報。

8. 讓我與有才智、有創造力、有抱負以及有理想的人工作,而且他們是我所敬佩的。

9. 讓我訂立及達到目標，發揮我的組織能力以保持我及其他人專注於更大的目標，並同時及時和有效地完成我的目標。

10. 讓我利用邏輯、客觀的標準，以及利用每個人的長處的政策去管理及監督他人，但不必每天處理人際關係的爭吵。

與工作相關的強項	與工作相關的弱點
· 能夠看到可能性及影響的能力 · 傾向創意地解決問題，客觀地審視問題 · 認識複雜的問題 · 有邁向成功的動力和野心 · 有信心及的天生的領導能力 · 有很強的動力去提升自己能力 · 高標準和強烈的職業道德 · 能夠創建系統及模型，以實現自己的目標 · 有敢於採取大膽的措施和去達到目標的動力 · 有邏輯及分析力的決策能力 · 果斷及富強的組織能力 · 對科技沒有恐懼，是一個快的學習者	· 會因其他人做事不夠你快而感到不耐煩 · 帶有粗魯和缺乏機智與外交 · 傾向倉促地下決定 · 對普通的細節缺乏興趣 · 傾向去改善一些不用改善的事情 · 傾向威嚇或壓倒別人 · 傾向不花時間去充分地欣賞和讚美員工或同事 · 不願意去重新審視已經決定了的問題 · 傾向過分強調工作以致影響家庭生活

適合ENTJ型人的職業

商業
人力資源經理
項目經理
學院及大學管理員
警察和偵探主管
物流顧問
國際銷售和營銷

技術
網絡管理員
系統管理員
數據庫管理員
系統分析員
項目管理

諮詢／培訓
商業顧問
管理顧問
教育顧問
就業發展專家
政治顧問

金融業
經濟分析師
股票經紀
投資銀行家
企業融資律師
經濟學家

專業
檢察長
法官
心理學家
化學工程師
政治學家
飛機師

ENTP

(外向、直覺、思考、感知)

天生的企業家

作為ENTP型人，職業滿意度意味著做的工作：

1. 讓我有機會去參與有創意地解決問題，或想出革新的解決問題方法。

2. 讓我能把新穎的方法運用到更有效的系統和制度的創建中。

3. 承認和鼓勵我的創造力，競爭力和即興發揮的能力。

4. 讓我經歷各種充滿樂趣，行動和興奮的情況。

5. 遵循邏輯順序，並根據客觀和公正的標準，而不是基於好惡或其他人。

6. 讓我提高我的專業和的個人力量，並經常與其他有權勢的人交往。

7. 讓我可以經常與不同的人交往，特別是那些我尊敬的。

8. 能夠與多變、高能量的環境下進行，而且能夠與有權力的人進行有意義的交流。

9. 能讓我在輕鬆、無特定結構的環境下工作。讓我能感受很大的個人自由度，空閒時間及自在的工作機會。

10. 能讓我設計和開始項目，但不需要我去跟從繁瑣的細節。

與工作相關的強項	與工作相關的弱點
· 有良好的溝通技巧，而且有能力去使別人對我的意念有興趣 · 渴望跳出固有的框框，並考慮新的可能性 · 非常具有創意的解決問題技巧 · 有冒險、嘗試新事物及克服障礙的勇氣 · 廣泛的興趣和能力，快速學習讓你感興趣的東西 · 有能力去承受拒絕，維持樂觀及熱忱 · 很強的自信心，而且有一直增長知識的動力 · 用天生的好奇心和技能去獲得需要的信息	· 有困難去保持自己的組織能力 · 對於訂立先後次序和決定感到困難 · 過分自信，或會虛偽陳述自己的能力和經驗 · 傾向將焦點放在可能性上，而非可行性 · 傾向承諾比你能提供的更多 · 對於缺乏想像力或不靈活的人，顯得不耐煩 · 傾向當問題解決後就對項目失去興趣 · 不喜歡以傳統、既定或常規的方式做事

· 能夠看到大局，以及行動和理念的含義	· 對一些重要的細節失去紀律
· 有能力同時兼顧多個項目	· 傾向很容易變得沉悶和轉變方向
· 對人的洞察力，理解他人的需要和推動力	· 不喜歡重複的工作
· 適應性強，可快速改變方法和方向	· 對於我質疑他們能力的人感到急躁
· 很大的社會緩和力，和有能力舒適地適應大多數社交場合	

適合ENTP 型人的職業

企業家／商人	**計劃和開發**
企業家	策略策劃家
管理顧問	房地產代理商
攝影師	城市規劃師
新聞記者	投資銀行家
演員	財政計劃家
大學校長	
証券分析家	**政治**
	政治家
	行政管理人員
	政治分析家
	社會科學家

銷售／創作	其他職業
制片人	環境科學家
撰稿人	教育心理學家
營銷策劃	體育教練
廣告創作	偵探
公共關係專家	犯罪學家

ESFJ

（外向、感官、感性、判斷）

「我能為你做什麼？」

作為ESFJ型人，職業滿意度意味著做的工作：

1. 讓我建立並保持與其他人在實際工作的熱情和真誠的人際關係，並以切實的方式以改善他們的生活質素。

2. 對人有實際的利益，並讓我在使用前有時間去學習和掌握必要的技能。

3. 讓我行使控制權，與許多人工作，並幫助他們和諧地朝著一個共同的目標。

4. 有明確的期望，工作表現是運用明確的，確定的成文標準來衡量和判斷。

5. 在合作的環境下進行，同事、上司、客戶之間沒有衝突和不和。

6. 讓我做決定，以有效的程序，去看到我的項目中的所有細節都在我的詳細計劃下進行。

7. 給我很多機會與其他人互動，而且成為決策過程是一個不可分割的部分。

8. 讓我整理自己的工作和我周圍的人，以確保事情盡可能順利和有效地進行。

9. 在一個友好的環境下工作，那裡的人對我的成就表示讚賞，令我感到肯定和支持，並視我的同事是我的朋友。

10. 在一個有章可循的環境中的進行，對所有的命令都有認識和了解，而且權威受到尊重。

與工作相關的強項	與工作相關的弱點
· 有很強的力量，及有動力去使事情完成及有成效的 · 有能力與別人合作和建立和諧的關係 · 實事求是的工作態度，傾向著重事實和細節 · 培育和樂於助人的天性，讚美和加強他人的良好行為 · 果斷，是一個穩定的力量 · 有能力去維持組織的傳統 · 有強的組織能力和清晰的工作倫理	· 不願接受新的和未經考驗的想法 · 對批評敏感，因充滿張力的工作情況感到緊張 · 渴望著眼當前，而非未來 · 難以適應變化和快速的轉變 · 傾向過敏，並避免不愉快的情況 · 難以獨自長時間工作，有強烈的社交需求 · 表明偏私的傾向 · 考慮他人的情緒負擔時，傾

· 對在傳統結構中的工作價值有忠誠和信念 · 有責任意識，說得出做得到 · 能夠按照既定的慣例和程序 · 常識和現實的角度	向變得精疲力竭 · 傾向在有足夠的資料前作出決定 · 專注於具體的細節，而不是影響和大局 · 傾向自以為是的和僵硬 · 難以聽取和接受反對觀點 · 傾向因缺乏讚美和欣賞而感到灰心

適合ESFJ型人的職業

銷售／服務 · 空姐 · 客戶服務代表 · 殯儀館主任 · 髮型師／美容師 · 旅行社 · 生態旅遊專家 **商業** · 電話推銷員 · 辦公室經理 · 物業管理：商業／住宅 · 保險代理人（家庭）	**教育** · 小學教師 · 特殊教育教師 · 田徑教練 · 雙語教育教師 · 校長 **社會服務／輔導** · 社會工作者 · 社區福利工作者 · 宗教教育家 · 口譯／翻譯

- 信貸顧問
- 接待員

文書
- 秘書長
- 接待員
- 辦公室機器操作員
- 簿記
- 打字員

- 兒童福利顧問
- 社會工作者
  (老人和兒童日托問題)
- 律師助理和法律助理

醫療保健
- 護士
- 牙醫
- 營養師
- 按摩師
- 驗光師
- 藥劑師
- 獸醫

ESFP

（外向、感官、感性、感知）

「不要擔心，要開心」

作為ESFP型人，職業滿意度意味著做的工作：

1. 讓我在實際的經驗中學習，讓我從收集的所有事實和使用我的常識來尋求解決的辦法

2. 讓我親自參與手頭上的任務，以行動直接接觸客戶。

3. 讓我在一個積極和聯誼的環境下與不同的人工作，工作性質多樣化的，而且富樂趣和自發性。

4. 需要善於處理人與衝突，緩和緊張局勢，幫助群體工作更加合作，並激勵他人。

5. 讓我兼顧多個項目或活動，特別是那些能使用我的審美觀和設計感。

6. 讓我經常能在工作中與其他隨和及交際的人分享我的熱情、力量，和對現實的看法。

7. 讓我能參與一些有即時效用的項目，而且考慮到我身邊的人的需要。

8. 在友好和輕鬆的環境中工作，沒有隱藏的政治議程。

9. 我的辛勤工作和好意得到獎勵，使我覺得我的貢獻得到欣賞。

10. 讓我每天都得到樂趣，享受及有驚喜，而且沒什麼官僚主義，規則或限制。

與工作相關的強項	與工作相關的弱點
· 充滿活力，而且享受積極的工作	· 難以單獨工作，尤其是很長的時間
· 能夠適應轉變	· 傾向接受表面價值的東西，錯過
· 對別人的需要敏感，而且渴望提供實際幫助	· 更深層次含義
· 充滿愛心的，是一個很合作的組員	· 不喜歡在事前作準備，對分配時間有困難
· 能夠使工作變得有趣味和刺激的	· 很難看到目前不存在的機會和選擇
· 實際的，而且有豐富的常識	· 傾向作出非常個人的批評和負面評價
· 對你關心的人和團體忠誠	· 對決策感到麻煩
· 著重過程，你建立一個活潑而且充滿歡樂的工作氣氛	· 衝動，傾向容易被引誘和分心
· 靈活，而且願意承擔風險並嘗試新的方法	· 不喜歡過多的規則和架構

·渴望去合作，全情投入，並以真實及具體的方法去幫助人 ·清晰地評估目前的資源和情況，並且能立即看到需要	·如果決定與個人的感情有衝突，他們難以作出合邏輯的決定 ·對於訂定長遠目標有阻礙，並難以按時完成任務 ·難管教自己或他人

適合ESFP型人的職業

教育	**娛樂**
幼兒／小學教育	導遊
運動教練	攝影師
特殊教育導師	監製
家庭健康社會工作者	音樂家
海洋生物學家	演員：舞者、喜劇演員
醫療保健	**業務銷售**
急診室的護士	公共關係專家
社會工作者	接待員
物理治療師	零售採購員
按摩治療師	保險經紀
營養師	房地產代理
驗光師和配鏡師	

服務	
空中服務員	
花藝設計師	
主持人	
秘書／接待員	
侍應生	

ESTJ

（外向、感官、思考、判斷）

「管理業務」

作為ESTJ型人，職業滿意度意味著做的工作：

1. 讓我有系統地工作，組織事實、政策或人事，有效地使用時間和資源以得到合邏輯的結論。

2. 讓我在處理明確而且具體直接的任務時，能運用我的技能及最大的推理能力。

3. 是通過公平、合理、清晰和客觀的標準來進行衡量和評估的。

4. 在一個友好的環境中工作，與刻苦認真的人工作，而且他們不會把個人問題帶到工作中，亦不期望我會將自己的個人感受與他們分享。

5. 是現實、有形的性質，並具有實際應用和具體的成果。

6. 有明確的期望及清晰的匯報制度。

7. 讓我有效率的，組織必要的步驟和資源，根據既定程序，設立和符合最後期限。

8. 是在一個穩定和可預測的環境，但同時是積極而且有不同的人。

9. 與其他人一起工作，讓我或其他人也有機會負責。

10. 讓我作出決定，並有大量的控制和責任，我的意見、建議和經驗都被認為是重要的。

與工作相關的強項	與工作相關的弱點
· 實用性和注重結果 · 有力地處理你的承諾，你在必要時能表現堅強 · 能把注意力集中在組織的目標 · 精密和準確，並渴望把工作做好 · 渴望遵循既定的例程和程序 · 有能力去認出什麼是不合邏輯、不一致、不切實際或低效能的 · 組織能力，你擅長於作出客觀的決定 · 相信傳統結構的價值和它的工作能力 · 有責任感，說得出做得到 · 有清晰的倫理，有效率 · 有常識、及從現實的角度看事物	· 對不按照程序或忽視重要細節的人感到不耐煩 · 不願意接受新及未經測試的意見 · 對轉變感到不舒服或抗拒 · 對於低效率或長時間的程序，沒什麼耐性 · 著重目前的需要多於未來的 · 傾向因要達到目標而對別人的能力要求過高 · 無法看到未來的可能性 · 對於政策或決定如何影響別人，缺乏敏銳度 · 無法聆聽反對意見，經常會打斷別人

適合ESTJ 型人的職業

技術／物理	銷售／服務
工程師：機械／應用領域	保險代理人
電腦分析師	殯儀館館長
審計員	政府僱員
農民	警衛
建築工人	採購代理
腦電圖技師	體育教練
	包銷商
專業	飛行工程師
牙醫	
股票經紀人	**管理**
法官	項目管理
教師：技術／行業	主任經理
律師	管理員
校長	工廠主管
	司庫和財政官

ESTP

（外向、感官、思考、感知）

「讓我們忙起來」

作為ESTP型人，職業滿意度意味著做的工作：

1. 讓我認識及與很多人有交流，每天提供不同和有趣的事。

2. 讓我用敏銳的觀察力和能力去吸收及牢記事實。

3. 讓我有能力去尋找解決問題的方法，運用第一手的經驗，然後批判地分析這麼問題，並找出最佳的方案。

4. 充滿活力，冒險和趣味，事情發生得很快，允許我去冒險和對新的機會保持警覺。

5. 讓我應對意外情況，使用非常規的方法，並有技巧地磋商滿意的解決方案。

6. 在沒有過多的規則和限制的環境中與其他現實而有趣的人一起工作，在完成任務後可以好好享受自由的時間。

7. 以我自己的習慣和認為必要的方式安排自己的工作，而不是依照別人的標準。

8. 實際且有邏輯性，我可以運用自己的推理能力，找到系統內邏輯上的矛盾和缺陷，並加以改正。

9. 讓我自己應付危機，以堅持的原則和適宜的態度工作。

10. 涉及真正的人和事，而不是理論和想法，我的努力可直接產生產品或服務。

與工作相關的強項	與工作相關的弱點
· 敏銳的觀察力，對事實有良好的記憶	· 難以單獨工作，尤其是長時間的工作
· 能夠看到完成一項工作需要做什麼和現實上有什麼必要	· 不喜歡事先準備，有安排時間的困難
· 喜歡發起和推廣項目	· 傾向對別人的感覺不敏感，或過於隨意
· 對改變的適應力強	· 無法看到此刻不存在的機會和選擇
· 享受成為團隊的一部分	· 對行政的細節和程序感到不耐煩或不能忍受
· 實用的，現實的看法，並具有良好的常識	· 難以作決定，或項目的優先次序
· 著重過程，能創造活潑和有趣味的工作氣氛	· 傾向衝動和容易被引誘或分心
· 靈活，願意冒險及嘗試新方向	
· 願意接受差異，並有能力去使學習者順其自然	

	・難以看到行動的長遠後果 ・不喜歡過多的規則和架構 ・抗拒訂立長期目標，有困難按時完成任務

適合 ESTP 型人的職業

銷售／事務／動作	**商業**
警員	房地產經紀人／代理人
消防員	企業家
護理人員	土地開發
偵探	批發商
空姐	零售銷售
個人健身教練	汽車銷售
	互聯網營銷
娛樂／體育	
體育節目記者	**行業／「親自動手」**
導遊	冒險家／工匠
舞者	農民
調酒師	建築工人
拍賣	廚師
健身教練／教練	土木工程師
音樂家	工業／機械工程師
舞台及特別效果技術員	測量師
演員和表演	

金融	
個人理財規劃師	
審計員	
股票經紀	
保險銷售	
保險代理／經紀	

INFJ

（內向、直覺、感性、判斷）

「促進正面變化的催化劑」

作為INFJ型人，職業滿意度意味著做的工作：

1. 讓我自己考慮並創立新穎的觀點或方法來解決工作中出現的各種問題，並幫助別人成長和發展。

2. 能讓我製造一種我所相信且引以為傲的產品或服務。

3. 承認我的首創、擁有者的身分，以及所作的獨有貢獻。

4. 能讓我自由地表達自己，並讓我看到我的洞察力所帶來的結果。

5. 讓我為好人，或為別人提供服務來實踐我的想法；讓我以一對一的方式下工作。

6. 在一個友好、沒有壓力的環境下工作，我的想法被認真考慮，而且他們精神上支持我付出的努力。

7. 讓我獨立地工作，並且有機會在一個友好、沒有人際衝突的環境中，經常有機會與人分享。

8. 讓我自己安排時間及工作環境，讓我對程序和產品有一定的控制。

9. 讓我有足夠的時間去制定及審查計劃，使我的計劃有充足的準備。

10. 符合我的個人價值及信念，讓我在個人和專業上都保持誠實正直的品格。

與工作相關的強項	與工作相關的弱點
· 誠信，激勵人們重視你的想法 · 對你認為重要的項目，專注和從一而終 · 果斷，有強的組織能力 · 有創意，有能力去提供原有的解決方案 · 看到大局，及將來的行動和想法的含義 · 能夠看到複雜的概念 · 真正關心他人，有才能去幫助他人成長和發展 · 獨立，有強烈的個人信念 · 有推動效率的動力，達到目標 · 對自己相信的工作有承擔	· 從一而終可能會造成欠缺彈性 · 對事情需時多久沒有實際想法 · 難以進行一些與自己價值觀有衝突的項目 · 對於一些想法的可行性或現實性不切實際 · 難以在競爭力或緊張的環境中工作 · 難以處理衝突，傾向忽略不愉快 · 難以客觀性和直接管教下屬 · 難以簡單地交流複雜的想法 · 批判的傾向

適合INFJ型人的職業

諮詢／教育	醫療保健／社會服務
職業顧問	職業治療師
圖書管理員	法律調停員
教育顧問	營養師
社會學家	社會工作者
創意	**商業**
藝術家	人力資源經理
小說家	博物館館長
詩人	口譯員／筆譯員
室內設計師	公司培訓員
多媒體製片人	推銷員
電影編輯	
宗教	**技術**
牧師／教士／修道士／修女	教練
宗教工作者	人才招聘
宗教教育指導	合同經理
	項目經理
	消費者關係顧問

INFP

（內向、直覺、感性、感知）

「大智若愚」

作為INFP型人，職業滿意度意味著做的工作：

1. 我的價值觀與我的信念一致，讓我可以在工作中發揮我的看法。

2. 給我時間發展相當深度的想法，同時讓我對過程及產品保持控制。

3. 獨立完成工作，有一個私人空間，大量不受干擾的時間，但必須有定期與我敬重的人有交流觀點的機會。

4. 在一個靈活性強的組織工作，沒什麼制度或規條。讓我在有靈感時工作。

5. 在一個合作、不緊張，而且沒有人際糾紛的環境中與有創意、關心人的人一起工作。

6. 讓我表達自己的觀點，鼓勵及獎勵個人成長。

7. 不用我經常在一大群人面前展示我的工作，或我的工作在還未滿意和未完成前要我向大家分享。

8. 讓我幫助別人成長，發展及實現他們所有的潛能。

9. 包括理解別人及發掘他們行為的動機，讓我與別人發展一對一的深厚關係。

10. 讓我為實現我的理想而工作，而且工作上不要被政治、經濟、或
    其他方面的障礙而受到限制。

與工作相關的強項	與工作相關的弱點
· 體貼，並能夠深層地專注於一個問題或想法 · 渴望跳出「框框」，並考慮新的可能性 · 對你相信的工作有很大的承擔 · 有需要時可以獨自工作 · 以天生的好奇心和技術去獲得需要的資料 · 能夠看到大局，而且看到行動及意見背後的含義 · 有看到別人的需要及動機的洞察力 · 適應力，你能夠很快適應改變 · 能與別人一對一地工作得非常好	· 需要控制項目，否則你可能會失去興趣 · 傾向走向混亂，或難以排優先次序 · 難以進行與你的價值觀有衝突的項目 · 不願意以傳統的方法做事 · 自然的理想主義，或會阻止你現實的期望 · 不喜歡以傳統或常規的方式做事 · 難以在競爭激烈的或充滿張力的工作環境工作 · 對跟從重要細節缺乏紀律 · 對死板的人或組織架構感到不耐煩 · 傾向對事情需時多久，表現得不現實 · 不願意直接報告和批評他人

適合INFP型人的職業

創意	醫療保健
藝術家	職業治療師
作家	營養學家
記者	家庭健康社會工作者
建築師	遺傳學家
演員	倫理學家
教育／諮詢	**組織機構發展**
研究員	社會科學家
大學教授：人文學科／藝術	人事資源發展專家
顧問	公司團隊培訓員
圖書管理員	
教育顧問	**技術**
社會工作者	消費者關係經理
	教練
宗教	合同經理
牧師	項目經理
宗教教育家	人力資源招聘人員
傳教士	

INTJ

（內向、直覺、思考、判斷）

「能力＋獨立＝完美」

作為INTJ型人，職業滿意度意味著做的工作：

1. 讓我創作和發展原創的解決問題的方法，以改善現有系統。

2. 讓我的力量專注於實踐我的好主意中，在邏輯和有序的方式工作，我的毅力得到獎勵。

3. 讓我能和別的對工作盡職盡責的人一起工作，同時他們的專業技術及聰明才幹是我所敬佩的。

4. 給我自創的主意獲得應有的讚揚，讓我擁有該計劃的創作權及控制權。

5. 讓我獨立工作，但定期與一群才華橫溢的人，在一個沒有人際衝突、平和的工作環境中互相交流想法。

6. 讓我時常得到源源不斷的新信息，提供新的方法來提高我的能力和權限。

7. 讓我產生一種產品，滿足自己的高標準及質素，而不是個人的喜好與或對他人的好惡。

8. 不需要重複執行根據事實和注重細節的任務。

9. 提供具有高度的自主權和控制，有自由去改變和發展他人的系統。

10. 一切都以同樣的、公平的標準來評價，對工作情況的評估應基於既定的標準，而非個人的角逐。同時我的付出要得到相應的回報。

與工作相關的強項	與工作相關的弱點
・有能力去深入地集中問題 ・能夠看到可能性和影響 ・享受複雜的理論和智力挑戰 ・傾向創意地解決問題，客觀地研究問題 ・即使在面對反對，一心一意的決心以達到自己的目標 ・對你的看法有信心及承諾 ・有很強的動力去提升自己及做到最好 ・能夠單獨工作，獨立自主	・創作過程後，就失去興趣 ・傾向推動別人與推動自己一樣落力 ・當別人工作得不夠你快，你就感到不耐煩 ・難以與你認為能力較你弱的人工作 ・特別是趕急的時候，帶有無禮和缺乏機智和圓滑 ・對平凡的細節缺乏興趣 ・意見缺乏彈性

· 高的標準和職業道德 · 能夠為目標創建系統及模型 · 不抗拒科技 · 決策和組織能力強	· 傾向去改善的一些不用改善的事 · 傾向過分理倫性，沒有去考慮實際的可行性 · 傾向對同事和員工沒有足夠的欣賞及讚賞 · 不願意去重複檢視已決定了的事 · 傾向過分強調工作生活對家庭生活的不利 · 對一些需要「社會細節」的工作感到不耐煩

適合INTJ型人的職業

技術	教育
科學家／科研人員 天文學家 網絡管理員 電腦工程師 Java程序員／分析師 Web開發	教師：大學，計算機科學／數學 學術課程設計 數學家 人類學家 館長

商業／金融
電信安全
管理顧問：電腦／資訊
經濟學家
醫藥研究員
金融分析師
房地產估價師

專業
律師：行政／訴訟人
投資／業務分析師
經理
法官
新聞分析／作家
工程師
土木工程師

醫療保健／醫藥
精神科
心理學家
神經學家
生物醫學工程師
心臟病專家

創意
作家
藝術家
發明人
平面設計師
專欄作家，評論家
和評論員

INTP

（內向、直覺、思考、感知）

「聰明機智地解決問題的人」

作為INTP型人，職業滿意度意味著做的工作：

1. 讓我發展，分析和批判新想法。

2. 讓我集中我的注意力和精力在創作、理論和邏輯的過程中，而非在製成品上。

3. 有挑戰性和處理複雜問題，我能嘗試非傳統的方法，並為找到最佳的解決方法而冒險。

4. 讓我獨立能夠在安靜和有私人的時間中，集中精力去構思。

5. 讓我訂立和保持自己對工作的高標準，並確定自己的表現將是如何被評估和補償。

6. 在一個靈活和非結構的環境中工作，沒有不必要的規則、限制，或不必要的會議。

7. 讓我與小團體高度重視的朋友和同事交流，他們都是我尊重的。

8. 給我機會不斷提升自己的個人能力和權力，讓我與其他能幹和成功的人見面和交流。

9. 讓我開發有獨創性的思想和方案，能把一些具體的實行步驟和細節問題交托給高效率的助手。

10. 不要求我直接管理別人、監督或考慮一些人際關係的協調或不和。

與工作相關的強項	與工作相關的弱點
· 渴望跳出「思想框框」，並考慮新可能性 · 能夠理解非常複雜和高度抽象的思路 · 能夠富創意地解決問題 · 獨立、勇於承擔風險，嘗試新事物和克服障礙 · 綜合大量信息的能力 · 有求知欲和技能去獲取你需要的信息 · 即使在壓力下仍能邏輯地分析事件 · 有信心，有不斷增進知識的幹勁 · 對自己的主意和看法有信心 · 能夠看到大局，並能看到行動和想法的影響 · 適應力強，很快適應轉變 · 對科技不抗拒，學習能力高	· 傾向缺乏組織 · 過分自信，或會歪曲了自己的能力和經驗 · 對缺乏想像力和能力的人感到不耐煩 · 不喜歡以傳統或舊有的方式做事 · 一旦問題已決定，傾向就對項目失去興趣 · 難以簡單地面對複雜的想法 · 傾向過於理性化而忽略或錯過現實 · 對重要的細節不服從 · 不喜歡做重複的工作 · 對架構和死板的人感到不耐煩

適合INTP型人的職業

電腦／技術 電腦軟件設計師 電腦程序員 研究和開發專家 網絡管理員 Web開發 電腦動畫 電腦工程師 Java程序員／分析師 軟件開發 **保健／技術** 整形外科 藥劑師 科學家：化學／生物 獸醫 微生物學家 遺傳學家	**學者** 數學家 考古學家 史記 哲學家 研究員 口譯／翻譯 天文學家 **創意** 攝影師 創意作家 藝術家 娛樂／舞者 音樂家 藝術總監 **專業／商業** 律師 經濟學家 心理學家／心理分析 金融分析師 建築師 法律調解

ISFJ

（內向、感官、感性、判斷）

「我以名譽擔保，履行責任和義務」

作為ISFJ型人，職業滿意度意味著做的工作：

1. 要求仔細觀察，一絲不苟和準確無誤，因此我能把事實和細節牢記。

2. 讓我做一些能幫助別人的項目，那些項目通常需要對細節非常關注，而且高精確性。

3. 使我默默地努力工作，表達自己對別人的同情和熱忱，同時我的貢獻受到重視和讚賞。

4. 在一個傳統、穩定、有序和制度化的環境中工作，為別人提供使用價值非常高的服務。

5. 要求我遵循標準化的工作程序，運用實際的判斷力，並且仔細和有條不紊地堅持到底。

6. 每次都全力投入到一個項目任務或一個人身上，並且製成品或提供的服務能帶來可觀的結果。

7. 讓我有一個獨立的工作空間，讓我能長時間持續地集中注意力，受到很少的干擾。

8. 讓我在幫助別人，或是與其他人打交道，大部分時間也專注於一個對象，讓我與他們分享我的價值觀和信念。

9. 在我完成工作任務時，要求我條理清晰和高效率。

10. 把工作成果向別人展示前，讓我事先有足夠的時間去準備。

與工作相關的強項	與工作相關的弱點
· 職業道德強，有責任感和勤力 · 擅長於需要連續的、重複的程序或任務 · 對詳情準確和仔細 · 享受為他人服務；支持同事或下屬 · 享受以舊有的方式做事，尊重給予的銜頭	· 可能會低估自己的價值，未必肯定自己的需要 · 很多時會過度疲累，因為他們擔起太多工作 · 未必能看到對未來的影響 · 未必能調整好不斷的轉變 · 如果他們不再感到需要或讚賞，可能會變得灰心喪氣

適合ISFJ型人的職業

醫療保健	**商業／服務**
護士	秘書
視光師	文書主管
牙醫	客戶服務代表
營養師	電腦操作員
放射治療師	律師助理
	博物館研究人員
社會工作／教育	
幼兒教師	**創意／技術**
圖書管理員	室內設計
社工	電工
個人輔導員	零售業主
小學教師	藝術家
語言心理學家	音樂家
	珠寶商

ISFP

(內向、感官、感性、感知)

「思想起決定作用」

作為ISFP型人，職業滿意度意味著做的工作：

1. 與自身很強的內在價值以及自己所關心，以及願意為之貢獻自己的精力和才智是一致的。

2. 在一個積極肯定的團隊中工作，作一個忠誠及合作的一分子。

3. 要求注意到細節，因為在工作中會接觸到的是對他人有益而又有實際應用價值的具體事物。

4. 讓我有自由去獨自工作，附近的人都易相處和有禮貌，所以我不覺得限制有過多的規則、結構、或不靈活的操作程序。

5. 使我成為適應力強而且負責的人。在工作中，我有明確的目的，能夠親眼看到和親身體會到我的工作成果。

6. 讓我通過審美和品味來增加我工作領域的吸引力，使其更加個性化，並使其他人感到更舒適。

7. 是在一個非常愉悅和合作的環境中進行，人際關係的衝突減至最低。

8. 給予我一個機會，使我在完成我認為重要的工作中，去經歷個人的成長及發展。

9. 能讓我提供實用的幫助，及時而簡潔地處理問題。

10. 不要求我定期做公開演說，以及領導一大群我不太熟悉的人或給別人負面的評價。

與工作相關的強項	與工作相關的弱點
· 歡迎改變，對新的形勢適應得很好 · 對別人的需要很敏感，而且希望實際地幫助他們 · 實際、現實的看法 · 良好的常識 · 溫情和慷慨 · 對關心的人和組織忠誠 · 注意重要的細節，特別是對於人的 · 周到，能夠把重點放在當前的需要 · 願意支持組織的目標 · 能夠清楚地評估目前的狀況，並看看有什麼需要修正的地方 · 靈活性，願意承擔計算過的風險和嘗試新方法	· 接受表面價值，而錯過更深的影響 · 無法看到現今不存在的機會和選擇 · 傾向作出非常個人的批評和負面的意見 · 不喜歡提前準備，有安排時間的困難 · 難以作出決定 · 不喜歡過多的規則和過於結構化的機構 · 當與個人感情有衝突時，難以作出合邏輯的決定 · 不願意不和諧去為你的想法或位置奮鬥 · 對設立長期目標有阻礙，亦有困難在限期前完成任務 · 難以約束直接報告或批評

適合ISFP型人的職業

工藝／技工

時裝設計師

珠寶

畫家

舞者

設計師：室內／景觀

廚師

藝術家

科學／技術

測量師

電腦操作

考古學家

系統分析師

地質學家

衛生保健

物理治療師

按摩師

放射技師

牙科助理／衛生員

營養師

配鏡／驗光師

職業治療師

獸醫

醫生

商業

法律秘書

管理員

律師助理

保險鑑定

保險考官

銷售／服務

教師：小學（科學／藝術）

美容師

旅遊銷售

兒童福利顧問

花店

消防員

ISTJ

（內向、感官、思考、判斷）

「從容不逼地做好自己的工作」

作為ISTJ型人，職業滿意度意味著做的工作：

1. 本質上是技術性的，能讓你依靠自己的能力來使用和了解重要的事實和細節。

2. 涉及很多實際的產品和服務。它們都是經過嚴密周詳、合邏輯且效率高的方法，最好是運用標準化的工作程序來生產或實現的。

3. 能讓我有大量的時間來獨立工作，運用傑出的集中力來完成項目。

4. 是一個穩定和標準化的環境中完成的，工作時我不必冒不必要的風險、運用未經測試過或試驗性的方法。

5. 能得出看得見而且可以衡量的結果，而且需要和重視運用精確的標準來評估工作的質量。

6. 有明確的目標、清晰的組織制度和模式。

7. 讓我有足夠時間去展示或遞交工作，最好在一對一或小組形式進行。

8. 讓我有愈來愈大的責任感，而且只要求我參與很少的社交政治；我的工作表現是根據我完成工作任務的質素來衡量，而且我的貢獻得到欣賞。

9. 在我的工作環境中，我的現實判斷和過去的經歷得到重視和獎勵。

10. 讓我得到必要的資源（人力和財力方面）和材料來訂立正式的目標，並且實現這些目標。

與工作相關的強項	與工作相關的弱點
· 精密度和準確度，並渴望在得到工作的第一時間完成 · 按照既定的程序和政策 · 在同一時間，集中及專注在一個任務 · 獨立工作的能力 · 組織能力強 · 完整性，以及密切關注具體事實和細節 · 相信傳統結構的價值和工作能力 · 偉大的組織維護者 · 穩定、可靠及可以跟隨的	· 或會難以適應轉變中的系統 · 或需要看見實際的應用來接受新的意見 · 傾向不喜歡轉變，缺乏彈性 · 或不能明白不同的需要 · 或會低估自己，以及他們對組織的貢獻

適合ISTJ型人的職業

商業	教育
會計 經理 保險業 財務經理：商業／住宅 統計員	學院院長 圖書管理員 行政負責人 教師：技術、工業、 數學、體育

銷售／服務
警官
政府職員
飛行導航員
郵局局長
飛行工程師

金融
預算分析師
證券投資官員
信貸分析家
成本估價師
出納員

法律／應用科學
電工
技工
工程師
電腦程式員
專業作家
電腦工程師
法庭職員

醫療保健
外科醫生
牙科醫生
藥劑師
實驗室技術人員
醫學研究員

ISTP

（內向、感官、思考、感知）

「用我已經得到的，做到最好」

作為ISTP型人，職業滿意度意味著做的工作：

1. 讓我識別及盡可能以最有效的方式去使用提供的資源。

2. 讓我實踐、掌握，然後運用我的技能，尤其是機械技能和那些需要使用工具的能力。

3. 讓我運用自己對世界周遭的理解和技術上的知識，看到工作中潛在的邏輯原理，讓我參與解決困難和問題。

4. 有明確的方向；讓我可以方便工作，生產真實而實際的產品。

5. 有趣並充滿活力，讓我獨立地工作，有機會經常離開工作地方，到戶外活動。

6. 在一個沒有其他人強加過多的規則或操作標準的環境中工作，我能享受自然發生的冒險，並逐步應付危機。

7. 讓我在沒什麼監督下獨立工作，亦不會要求我去密切監督別人。

8. 給我足夠的時間去發展自己的興趣和愛好。

9. 給我足夠的娛樂和不斷地挑戰。

10. 讓我有效地利用裝置和能源，而不要求我跟隨不必要的路線和步驟。

與工作相關的強項	與工作相關的弱點
· 能夠把明確的任務和有形產品做好 · 敏銳的觀察力和對事實信息有好的記憶 · 能整理秩序混亂的數據和識別事實 · 傾向單獨，或與尊重的人工作 · 在危機或壓力下仍能保持冷靜 · 能夠認識到什麼需要做的，什麼是需要以完成工作 · 傾向用雙手和使用工具的工作 · 能夠很好地適應突如其來的轉變 · 實際，有良好的常識 · 能夠識別和利用現有的資源 · 靈活性，願意承擔風險，嘗試新方法	· 難以看到行動的長期後果 · 缺乏言語交際中的興趣，尤其是表面的談話 · 不喜歡事先準備、麻煩、安排時間 · 對抽象和複雜的理論缺乏耐性 · 往往對別人的感受不敏感 · 容易感到厭煩和不安 · 難以看到此刻不存在的機會和選擇 · 對行政細節和程序不耐煩 · 不願重複自己 · 難以作出某些決定 · 強烈的獨立傾向，不喜歡過多的規則和官僚架構 · 抗拒訂立長期目標，難以在限期前完成工作

適合ISTP型人的職業

銷售／服務／活動
警察
飛行員
消防員
私家偵探
攝影師
海關

技術
電子專家
軟件開發商
地理學家
電腦工程師
系統分析師

健康護理
放射治療師
牙醫助手
交通協調員
急診內科醫生

商業／金融
證券分析員
採購員
律師秘書
經濟學家
土木工程師
機械工程師

「手工」／貿易
電腦修理
飛機師
教練
刑事調查員
電視攝影師
汽車配件零售商

Appendix 3　　工作價值的清單

　　下面的語句代表的，是人認為在工作中的重要價值。這是人們往往在他們的工作中尋求，或為他們的工作結果的滿意度。這些價值對我們並不都是同樣重要的考慮。不同的人會有不同的價值選取。仔細閱讀每組語句，並按每項的重要性圈選出相應的數字。

　　5 = 非常重要

　　4 = 重要

　　3 = 中等重要

　　2 = 不太重要

　　1 = 不重要

在你工作其中……

　　1.　要不斷解決新問題　　　　5　4　3　2　1

　　2.　幫助別人　　　　　　　　5　4　3　2　1

3. 可以得到加薪　　　　　　　　　　　5　4　3　2　1

4. 期待著在你的工作中的變化　　　　　5　4　3　2　1

5. 在自己的領域有自由　　　　　　　　5　4　3　2　1

6. 在你的領域獲得威信　　　　　　　　5　4　3　2　1

7. 需要有藝術能力　　　　　　　　　　5　4　3　2　1

8. 是團隊中的一員　　　　　　　　　　5　4　3　2　1

9. 知道你的工作能持續　　　　　　　　5　4　3　2　1

10. 可以成為你想成為什麼樣的人　　　　5　4　3　2　1

11. 老闆能給你一個公平的交易　　　　　5　4　3　2　1

12. 喜歡你的工作的環境　　　　　　　　5　4　3　2　1

13. 感覺你已經完成了一天的辛苦工作　5　4　3　2　1

14. 有管理下屬的權力　　　　　　　　　5　4　3　2　1

15. 嘗試新的想法和建議　　　　　　　　5　4　3　2　1

16. 創造新的東西　　　　　　　　　　　5　4　3　2　1

17. 當你做得很好時能知道結果　　　　　5　4　3　2　1

18. 有一個合理的老闆　　　　　　　　　5　4　3　2　1

19. 確保始終有一份工作　　　　　　　　5　4　3　2　1

20. 為世界增添美麗　　　　　　　　　　5 4 3 2 1

21. 自己作出決定　　　　　　　　　　　5 4 3 2 1

22. 有薪酬增加，能保持生活水平　　　　5 4 3 2 1

23. 思考上得到挑戰　　　　　　　　　　5 4 3 2 1

24. 使用領導能力　　　　　　　　　　　5 4 3 2 1

25. 有充足的休息室、廁所和其他設施　　5 4 3 2 1

26. 在工作以外，可以有喜歡的生活方式　5 4 3 2 1

27. 能與同事結交朋友　　　　　　　　　5 4 3 2 1

28. 知道別人認為你的工作的重要　　　　5 4 3 2 1

29. 不要在所有的時間都做同樣的事情　　5 4 3 2 1

30. 覺得你能幫助他人　　　　　　　　　5 4 3 2 1

31. 給其他人增加福祉　　　　　　　　　5 4 3 2 1

32. 做很多不同的東西　　　　　　　　　5 4 3 2 1

33. 得到其他人的尊敬　　　　　　　　　5 4 3 2 1

34. 與同事有良好的交往　　　　　　　　5 4 3 2 1

35. 能過你最喜歡的生活　　　　　　　　5 4 3 2 1

36. 具有良好的在工作環境（充足光線、　5 4 3 2 1
　　安靜、整潔、寬敞等）

37.為其他人策劃和組織工作　　　5　4　3　2　1

38.需要頭腦上靈活　　　　　　　5　4　3　2　1

39.足夠支付生活　　　　　　　　5　4　3　2　1

40.自己是老闆　　　　　　　　　5　4　3　2　1

41.創造吸引力的產品　　　　　　5　4　3　2　1

42.如果你目前的工作結束，　　　5　4　3　2　1
　　確保在公司有另一份工作

43.有一個體貼的上司　　　　　　5　4　3　2　1

44.看到你的努力結果　　　　　　5　4　3　2　1

45.貢獻新的想法　　　　　　　　5　4　3　2　1

　　檢查一下，以確保你已經評價每一句。網上問卷：
http://people.usd.edu/~bwjames/tut/time/workinv.html

工作價值觀量表──自我評分方法

　　將你圈選的每個項目的數字，記錄在以下的工作價值觀量
表。然後記錄每個類別的三個項目的總數。最後，列出從最高
分前三名工作價值觀以及最低分的三個工作價值觀。

分類項目總計

創意的尋求　　15 _____，16 _____，45 _____

管理的權利　　14 _____，24 _____，37 _____

成就感　　　　13 _____，17 _____，44 _____

工作環境　　　12 _____，25 _____，36 _____

與上司關係　　11 _____，18 _____，43 _____

生活方式　　　10 _____，26 _____，35 _____

安全感　　　　9 _____，19 _____，42 _____

與同事關係　　8 _____，27 _____，34 _____

美的追求　　　7 _____，20 _____，41 _____

聲望　　　　　6 _____，28 _____，33 _____

獨立性　　　　5 _____，21 _____，40 _____

多元化的工作　4 _____，29 _____，32 _____

經濟報酬　　　3 _____，22 _____，39 _____

助人的機會　　　2 ＿＿＿＿，30＿＿＿＿，31＿＿＿＿

智性的啟發　　　1 ＿＿＿＿，23＿＿＿＿，38＿＿＿＿

Top 3個工作價值觀	**Bottom 3工作價值觀**
1.＿＿＿＿＿＿＿＿	1.＿＿＿＿＿＿＿＿
2.＿＿＿＿＿＿＿＿	2.＿＿＿＿＿＿＿＿
3.＿＿＿＿＿＿＿＿	3.＿＿＿＿＿＿＿＿

Appendix 4　生命線改良版

　　生命線是一個很好檢視自己生命的工具,但傳統的生命線習作只能捕捉生命重要事件和起跌,筆者在美國進修的期間,學到一個較精密的生命線改良版,有助我們尋找自己內心的聲音,活出生命的意義。

習作指引:

　　先預備不少於50張1寸X1.5寸的posit notes及一張大畫紙,不細於A3 size。在posit notes上寫下生命中對你有影響力的,一張posit notes只寫一樣。

　　1. 人

　　2. 事件

3.處境

· 寫完一樣就將posit notes貼在大畫紙上,先不用排列。

· 一想起就寫下那些項目,不用花太多思考在每一項上,這做法的好處是讓我們的思想自由聯想,你會想起一些很少在你思想中出現的人和事。

- 人、事件與處境可順序想出相關的項目。人物想完就想事件，若某事件令你想起某些人物，可以隨意加添項目。

- 正面和負面的項目都可寫下。

- 直至所有的項目都完成為止。

- 在畫紙的上下端留一寸左右的空間作書寫用。

- 開始順時序將這些項目貼在畫紙上。如下圖：

Walling, Terry, Focused Living Resource Kit. Carol Stream, IL: ChurchSmart Resources, 1996.

　　張貼時可大概將你的生命分作不同階段。假設你生命的故事是一本書，你會為每一階段定每一章的名稱。然後試將當時覺得是負面的項目圈出來。

　　現在找一處安靜的地方，在每一章的下面，回想這些人、事和處境留給你什麼生命的功課。透過這些項目，你培養到什麼價值取向。可以用下問題作反思：

1.　生命對你性格模塑的功課？

2.　你最珍惜的性格質素是？

3.　你生命中的核心價值是什麼？

4.　若用一句說話來說出你生命中最熱忱的，你會怎樣寫？

5.　你會在你人生的下一章中，加上些什麼寶貴的元素？

　　另外，這習作有一個信念，就是我們人生每一個經歷都有它的意義，不少人做這習作的發現，一些當時覺得是負面的經歷，原來是愈能帶給我們深刻成長的反省和學習。我們人生下一章怎樣寫下去，是建基於每一個之前的經歷。

正如古文有云：「天降大任於斯人也，必先苦其心志、勞其筋骨、餓其體膚、空乏其身，增益其所不能」這些人生經歷對自我的磨練是為了預備我們作更大的事。

舉例筆者在神學院教授輔導是因為我累積了一些輔導的知識和經驗，自己人到中年亦有一種想將知識傳遞的熱誠，而由輔導中心的工作轉到神學院教書，也得多謝這個習作的功效，我是做完這習作後渴望轉變，我仍然相信生命是有它的意義。雖然自己的貢獻不算偉大，但這微小的點滴，算是對一些在我生命中耕耘過的貴人一種回饋吧，這追求生命意義的過程，也讓我更適然的面對存在性的寂寞了。

雖然自己的貢獻不算偉大，但這微小的點滴，算是對一些在我生命中耕耘過的貴人一種回饋吧，這追求生命意義的過程，也讓我更適然的面對存在性的寂寞了。

聖經──〈箴言〉

工作中尋智慧，並有智慧地工作

ᕯ 行為完全的，步步安穩；行事彎曲的，終必敗露。（10:9）

ᕯ 傲慢來，羞辱也來；謙卑的人卻有智慧。（11:2）

ᕯ **喜愛教訓的，就是喜愛知識；厭惡責備的，卻是愚頑人。**
（12:1）

ᕯ 耕種自己田地的，也有充足的糧食；追求虛幻的，實在無
知。（12:11）

ᕯ **殷勤人的手必掌權，懶惰人的手必作苦工。（12:24）**

ᕯ 懶惰的人不去燒烤他的獵物，殷勤的人卻得寶貴的財物。
（12:27）

ᕯ **傲慢只能引起爭端；接受勸告的卻有智慧。（13:10）**

ᕯ 不勞而獲的財物，必快減少；慢慢積蓄的，必然增多。
（13:11）

ॐ 一切勞苦都有益處，嘴上空談引致貧窮。（14:23）

ॐ 懶惰人說：「外面有獅子，我在街上必被殺害。」
（22:13）

ॐ 你要在外面預備好你的工作，在田間為自己準備妥當，然
後建造你的房屋。（24:27）

ॐ 遮掩自己過犯的，必不亨通；承認並離棄過犯的，必蒙憐
憫。（28:13）

　　中文翻譯的經文引自《聖經新譯本》，版權屬於環球聖經
公會，蒙允准使用。

書　　名：MBTI 找出自己　選對工作 才好上班
作　　者：區祥江教授

出 版 社：亮光文化有限公司
　　　　　Enlighten & Fish Ltd
社　　長：林慶儀
編　　輯：亮光文化編輯部
設　　計：亮光文化設計部
地　　址：新界火炭坳背灣街61-63號
　　　　　盈力工業中心5樓10室
電　　話：(852) 3621 0077
傳　　真：(852) 3621 0277
電　　郵：info@enlightenfish.com.hk
網　　店：www.signer.com.hk
面　　書：www.facebook.com/enlightenfish

2012年7月初版
2024年9月新版

I S B N　　978-988-8884-19-3
定　　價：港幣$188

法律顧問：鄭德燕律師